Chemins de traverse

Chantal Cadoret

Chemins de traverse

Roman

Loi n°49-956 du 16 juillet 1949 sur les publications destinées à la jeunesse

© 2025 - Chantal Cadoret
Édition : BoD · Books on Demand,
31 avenue Saint-Rémy, 57600 Forbach, bod@bod.fr
Impression : Libri Plureos GmbH,
Friedensallee 273, 22763 Hamburg (Allemagne)
ISBN : 978-2-3224-9948-9
Dépôt légal : Janvier 2025

*On rencontre sa destinée souvent par les chemins
qu'on prend pour l'éviter.*

Jean de La Fontaine (1621 – 1695)

Mars 2014

Seule devant sa tasse de café, Laure est nerveuse.

—   Il ne va pas te sauter dans les bras, mais il finira par comprendre, l'avait encouragée Justine. On a suffisamment attendu. Tout le monde est au courant, sauf lui. Il faut le lui dire, avant qu'il ne l'apprenne par hasard.

Elle a des doutes. Elle connait son père. Un homme respecté, qui avait mené une brillante carrière au sein de la Banque Nationale de Paris, mais un homme imprévisible, qui pouvait se montrer aussi bienveillant qu'intolérant, parfois sans logique apparente.

Laure et Justine faisaient partie de la même promotion à l'Institut Supérieur de Commerce de Paris. Elles avaient dix-huit ans. Elles s'étaient plu au premier regard. Une sorte de vibration sensuelle qu'elles avaient refoulée au plus profond d'elles-mêmes.

Et puis, il y avait eu cette soirée de fin de cycle. Beaucoup d'alcool, un peu d'ecstasy. Elles avaient perdu la tête, et oui, elles avaient adoré faire l'amour. Un plaisir intense et sans limite, qu'elles n'avaient jamais ressenti auparavant. Comme si elles faisaient l'amour à leur propre corps. Tellement puissant qu'elles avaient eu peur d'y prendre goût.

Au réveil, dans le lit de Justine, elles s'étaient regardées. Étonnées et gênées. C'était une erreur. Un faux pas sans conséquence. Elles avaient la vie devant elles. Une route tracée d'avance, avec un mari, des enfants, une carrière. Et surtout, elles aimaient les hommes. Sans aucune ambiguïté.

Elles s'étaient séparées avec la certitude de ne plus se revoir.

Jusqu'à l'année dernière.

Laure fêtait ses quarante-cinq ans. Jérôme, son époux, lui avait fait la surprise de réserver une table au Restaurant J, un établissement gastronomique à la mode, situé non loin de la

Bastille. Il était très fier de sa prouesse, car l'endroit affichait complet, des mois à l'avance. La faute à Igor, ce jeune cuisinier sur le point de devenir le prochain *Top Chef,* qui attisait la curiosité des clients.

Laure et leur fille Élodie ne rataient aucune émission et bouillaient d'impatience de rencontrer la star des fourneaux. Jérôme avait également convié Jean-Paul, son beau-père, plus sensible à la qualité des mets proposés qu'à la célébrité du chef.

Juste avant le dessert, la propriétaire des lieux, une magnifique métisse aux cheveux ras et au sourire éclatant, avait fait le tour de la salle, en compagnie de sa vedette. Lorsqu'ils s'étaient arrêtés à leur table, Laure avait immédiatement reconnu Justine, que sa mémoire n'avait pas réussi à évacuer.

Elles s'étaient regardées, muettes, pendant un temps qui s'était figé. Puis, au grand étonnement de tous, elle avait bondi de sa chaise pour lui sauter au cou. Riant et pleurant à la fois, elle avait fait les présentations :

— Mon mari, ma fille, mon père... Justine, une... une copine de promo à l'ISC. Nous ne nous sommes plus revues depuis... vingt-quatre ou vingt-cinq ans, non ?

En bonne professionnelle, Justine avait réussi à cacher son trouble, mais elle avait laissé Igor poursuivre seul le tour des tables. Avant de les quitter, elle leur avait offert une bouteille de brut impérial Moët & Chandon. C'est mon cadeau d'anniversaire, avait-elle précisé. Jérôme avait insisté pour qu'elle partage une coupe avec eux. Elle avait gentiment refusé et avait disparu derrière l'épais rideau noir qui masquait l'entrée du restaurant.

À leur départ, elle s'était montrée distante, se contentant de les saluer poliment.

En attendant le retour du voiturier, le petit groupe commentait, une fois de plus, la rencontre improbable des deux amies.

Soudain, Laure, sous le prétexte d'un oubli, s'était précipitée à l'intérieur, le souffle court.

Justine se tenait dos au mur, les yeux fermés. Des larmes silencieuses coulaient sur sa joue. En la voyant aussi bouleversée qu'elle, Laure avait failli se jeter sur elle.

Mais ce n'était ni le jour ni l'endroit. D'une main tremblante, elle lui avait tendu sa carte de visite, en suppliant : « Appelle-moi, s'il te plait. Appelle-moi ».

Un an s'était écoulé, et Jean-Paul était le dernier maillon de la chaine qui bridait leur amour.

Il arrive, ponctuel.

Grand, athlétique et bronzé quelle que soit la saison, il est son héros. Il dégage un tel charisme. Même à soixante-dix ans passés. Peut-être plus qu'avant. Sûrement ses cheveux blancs qui rendent ses yeux bleu acier plus doux et plus humains.

— Ma chérie. Toi, en avance ? Tu m'intrigues. Ce déjeuner ressemble de plus en plus à une convocation. Si tu es là en tant que DRH, je te rappelle que je suis à la retraite et que tu ne peux plus me virer, s'exclame-t-il dans un éclat de rire tonitruant.

Mal à l'aise, elle l'invite à prendre place. Il s'empare du menu. Son choix est vite fait, c'est un carnivore. Et un amateur de vin. Elle lui conseille le pichet du patron. Il la fixe avec ironie, par-dessus la carte.

— Ne fais pas cette grimace, goûte-le d'abord. Tu verras, il est bluffant pour le prix, dit-elle en passant la commande.

À l'arrivée des plats, il boit sans sourciller et mange de bon appétit.

Il se décontracte.

Elle se crispe.

Ils échangent des banalités, se donnent les nouvelles de la famille.

— Comment va ta mère ?

— Elle se dégrade lentement. Je lui rends visite une fois par semaine, et quand je ne peux pas, c'est Élodie qui y va. Elles s'entendent bien, toutes les deux.

— Elle vous reconnait encore ?

— Ça dépend des jours. Elle vit de plus en plus dans son monde. C'est l'évolution normale, hélas. Sinon, je n'aurais pas pris la décision de la placer.

Il baisse les yeux et fait mine de se concentrer sur son assiette.

De tous les défauts de son père, celui qui a le plus nui à leur famille, est son irréductible penchant pour le sexe féminin. Un talon d'Achille qui avait brisé leur mère, Claire.

Avant leur divorce, celle-ci avait fait de son mieux pour maintenir le bateau à flot, mais lorsqu'elle s'était retrouvée seule face à lui, elle avait fini par larguer les amarres. De dépression en dépression, sa lucidité avait rendu les armes devant la maladie d'Alzheimer. Elle vivait désormais dans une résidence médicalisée en région parisienne.

Il n'avait rien à lui reprocher. Elle avait été une bonne épouse et une bonne mère. Alors, pour se sentir moins coupable, il fait ce qu'il a toujours su faire : il paie.

— Peu importe le prix, je veux qu'elle soit bien traitée, avait-il dit d'une voix presque brisée.

Son pavé de bœuf englouti, il avale une lampée de vin et la regarde :

— Tu n'as presque rien mangé. Arrêtons de tourner autour du pot, s'il te plait, et dis-moi pourquoi je suis là.

Elle se racle la gorge et lève des yeux implorants :

— Papa...

— Tu m'énerves. Crache le morceau, voyons.

Elle hésite encore un peu, et se lance :

— Jérôme et moi... nous divorçons.

Le verre à la main, il marque un temps. Avant d'éclater de rire.

— Tu m'as fait une de ces peurs ! J'ai cru que tu allais m'annoncer un cancer. Tu es folle, j'ai le cœur fragile ! Tu veux me provoquer une crise cardiaque, ou quoi ?

— Non, je ne suis pas malade. Pardon de t'avoir effrayé.

Il souffle, finit son verre et le repose. Satisfait.

— Tu avais raison, cette petite piquette est fabuleuse. Donc, tu divorces ? Vous aviez l'air de bien vous entendre...

— Oui, mais...

— Mais quoi ? Il t'a trompée, c'est ça ?

Les yeux baissés, elle murmure :

— Non... c'est moi.

Il se fige de nouveau. Elle sent qu'il se retient de rire.

— Toi ? Tu as toujours dit que tu ne ferais jamais subir cela à ta fille, parce que tu en as trop souffert. Qui est donc cet homme pour lequel tu te parjures ?

Sa respiration s'emballe. Ses lèvres tremblent. Ce n'est pas le moment de craquer. Laure prend son courage à deux mains, et plante son regard dans celui de son père.

— Ce n'est pas un homme, papa, c'est une femme, et elle s'appelle Justine.

Il plisse les yeux, essaie de comprendre.

Soudain, il sursaute, et se met à bégayer :

— Co... comment ça ... une femme ?

Laure se détend. Ça y est, elle l'a dit. La balle est dans son camp. Qu'il en fasse ce qu'il veut, maintenant.

— Oui, une femme. Tu la connais, d'ailleurs. C'est la propriétaire du restaurant où nous avons fêté mon anniversaire, l'an dernier.

Sous le choc, Jean-Paul se met à tousser. Entre deux quintes, il rugit :

—   Quoi ? La femme qui t'a sauté au cou, c'est ta maitresse ? C'était une mise en scène, alors ?

—   Papa, s'il te plait ! Ce n'est même pas moi qui ai choisi l'endroit. C'est Jérôme. Quand on était à l'ISC, Justine et moi, nous avons eu une... histoire... enfin, juste une nuit. C'était tellement dingue qu'on a mis cela sur le compte de l'alcool. On ne s'est plus revues. Jusqu'à cette soirée. Un pur hasard. Cette fois, nous avons décidé de ne plus nous séparer. Voilà.

—   Voilà. C'est tout ce que tu trouves à dire. Tu es devenue complètement folle, ma pauvre fille ! Et ton mari ? Il en pense quoi, le cocu ? Et Élodie ? Elle est au courant que tu t'envoies en l'air avec une... femme ?

—   La grossièreté ne sert à rien, le reprend Laure, calmement.

—   Moi, grossier ? Et toi ? Tu te rends compte de l'énormité de ce que tu m'annonces ?

—   Ah, parce que, maintenant tu te permets de donner des leçons de morale ? Je te rappelle que maman a tellement porté de cornes qu'elles lui ont perforé le cerveau. Alors je t'en prie, c'est inutile de monter sur tes grands chevaux.

— J'ai trompé ta mère, c'est vrai, mais moi au moins, je l'ai fait avec des femmes. Pas avec des hommes.

— Eh bien, tu vois, moi aussi !

— C'est... c'est répugnant, lance-t-il avec une moue de dégoût.

— Répugnant... carrément ?

— Oui, répugnant. Je t'ai élevée pour être une femme, une dominante, comme moi, pas une... gouine. Je n'aurais jamais pu imaginer cette... sa-loperie.

Excédée, Laure se lève :

— Répugnant, gouine, saloperie. Ça suffit. Je ne vais pas te laisser vomir sur nous, plus longtemps. Tu vois, mon mari, il n'a pas aimé l'idée d'être cocu, comme tu le dis si bien, mais il est beaucoup moins obtus que toi. Quant à ma fille, ne te fais aucun souci pour elle. Elle ne souffrira de rien, parce que, du haut de ses vingt et un ans, c'est une adulte intelligente qui ne veut que mon bonheur. J'ai cru que tu pouvais comprendre. C'est impossible, tu es trop centré sur toi-même. Sur ce, je te laisse réfléchir, si tu en es encore capable. Notre porte te sera toujours ouverte. En attendant, paie l'addition. Ça au moins, tu sais faire.

Jamais elle n'avait osé le défier de cette façon. Elle ne doit pas lui donner le temps de se reprendre. Si elle reste, elle risque de s'écrouler, et elle ne veut pas lui offrir ce plaisir.

De rage, Jean-Paul s'est levé, lui aussi. Ils se font face. Il a envie de l'attraper, de la gifler. Pour la faire réagir. Plein de mépris, il siffle :

— Tu ne vaux pas mieux que ton frère, finalement.

Avril 2018

Quatre années se sont écoulées. Le père et la fille ne se sont plus revus. Laure et Justine vivent désormais ensemble. Au grand jour.
Laure a cinquante ans.
Pour l'occasion, Élodie, sa fille, a tenu à lui organiser une énorme fête. Elle aurait préféré passer ce cap, entourée de ses proches. En toute discrétion. Pour oublier qu'elle venait de traverser un demi-siècle. Mais la jeune femme n'en démordait pas.
Cinquante ans, c'est important, expliquait-elle, sans se rendre compte qu'elle lui retournait le couteau dans la plaie.
Et elle s'était chargée de la logistique. Ça va être dingue, répétait-elle au fil des mois, avec un air mystérieux.

Laure avait cédé. Pour lui faire plaisir, elle avait même accepté la séance de relooking chez Harley, un coiffeur en vogue, près de la place de la République. Il va te redonner un coup d'éclat, avait tenté Élodie pour la convaincre.

Arrivée avec un quart d'heure d'avance, elle avait patienté devant un café, confortablement installée dans un fauteuil Chesterfield.

L'endroit ressemblait davantage au salon d'une maison bourgeoise qu'à celui d'un coiffeur.

Sur sa droite, une façade de miroirs devant laquelle deux professionnels travaillaient avec agilité. Bien que dans la même pièce, elle n'entendait rien de leurs conversations. À peine quelques bruissements lorsqu'ils utilisaient le sèche-cheveux.

Elle avait souri en comparant cette ambiance feutrée à celle de son salon habituel où Kelly, la patronne, ne ratait aucune occasion de déclencher l'hilarité générale avec ses interpellations fracassantes :

« Bonjour, madame Berton, ça va mieux les hémorroïdes ? Ouf ! Je suis contente pour vous !

Asseyez-vous... maintenant que vous pouvez le faire ! »

Perdue dans ses pensées, elle avait sursauté lorsque Jean-Guy s'était penché à son oreille, pour l'inviter à le suivre.

Jean-Guy n'est pas un simple coiffeur. Il est visagiste, c'est-à-dire qu'avant de proposer une coiffure, il observe. Il ne regarde pas un visage, il le scanne. Sans un mot, il l'avait fixée un long moment. Il l'avait touchée aussi. Effleurée plutôt. Il avait relevé la masse de ses cheveux, avait fait pivoter le fauteuil à droite, à gauche. Puis il avait souri et lui avait chuchoté un victorieux :

— Je sais.

Plantant ses yeux dans les siens, comme s'il lui proposait une opération du cœur, il avait demandé d'un ton grave :

— Vous me faites confiance ?

Elle avait acquiescé. N'était-elle pas venue pour cela ? Finalement, il avait été à la hauteur de ses espérances. Et de la somme investie, avait-elle pensé.

Un magnifique dégradé encadrait désormais son visage. Sur ses cheveux de jais, quelques mèches couleur de feu avaient été parsemées.

— Ça fait ricocher la lumière sur vos yeux bleus.

Avant de partir, elle lui avait demandé de la prendre en photo. Pour Élodie. Il s'était fermé, et lui avait lancé :

— Je suis visagiste, pas photographe.

Malgré tout, devant son sourire insistant, et le pourboire généreux qu'elle lui avait laissé, il s'était exécuté. De mauvaise grâce.

Élodie, toujours diplomate, avait validé d'un « Super, m'man, tu fais dix ans de moins ».

Pour la séance de maquillage, programmée dans la foulée, Laure avait mis son veto :

— Ça suffit ! C'est un anniversaire, pas un mariage ! Suis-je si vieille et si moche pour avoir besoin de tout cela ? s'était-elle écriée, agacée. Mon visage, je ne l'abandonne à personne. Je sais exactement ce qu'il me faut.

Un maquillage léger, les yeux à peine ombrés — ils se suffisent à eux-mêmes —, un subtil *contouring*, pour corriger les courbes qui commencent à s'affaisser. Tout sur la bouche, son plus bel atout. Une bouche large et pulpeuse. Pas celle de Julia Roberts, certes, mais une bouche généreuse et sensuelle. Une bouche qui donne envie, comme dit souvent Justine avant de s'en emparer goulûment.

Son téléphone vibre une nouvelle fois. Elle regarde l'heure : dix-neuf heures trente.

Élodie
Alors ? Tu en es où ?
Laure
Je suis presque prête, j'arrive.
Élodie
On a dit 20 h. Tout le monde t'attend.

Laure ignore le message.

Le miroir lui renvoie une image satisfaisante. Elle est magnifique dans sa robe Dior, offerte par Jérôme pour ses quarante ans. Elle lui va toujours aussi bien. Pas un gramme en dix ans, constate-t-elle avec fierté.

Elle débouche son flacon de Chanel 5 et se vaporise généreusement.

— C'est une idée, ou tu as eu la main un peu lourde ? lui demande systématiquement sa compagne.

— Chérie, passé un certain âge, quand tu n'attires plus les yeux, il faut attirer le nez, lui rétorque-t-elle toujours, avec un clin d'œil.

Enfin prête, elle prend son portable pour commander un taxi. Elle renseigne l'adresse :

Restaurant J, rue Jean Beausire.

C'est parti ! Dans trois minutes, le véhicule sera devant chez elle, et dans vingt autres, elle sera la reine de la fête. Avec à peine un quart d'heure de retard. Une demi-heure plutôt, oui bon, on ne va pas en faire une histoire.

L'arrivée du taxi la sort de ses pensées.

— Bonsoir, si vous pouviez appuyer sur le champignon, ça m'éviterait de me faire massacrer par ma fille, je suis très en retard.

— Appuyer sur le champignon, ça fait longtemps que je n'ai pas entendu cela, se moque le chauffeur en la regardant dans son rétroviseur. On va faire au mieux, ma p'tite dame, ajoute-t-il en ricanant bêtement.

Ce jeune impertinent vient de lui rappeler froidement son âge. Elle hésite entre rire et agacement.

Le téléphone, une fois de plus.

Justine
Dis-moi que tu arrives
Ta fille va péter un câble.

Laure
Je suis là, dans quinze minutes max.

Justine
Presque à l'heure, donc ! ☺

Laure
LOL. Je t'aime.

Le chauffeur s'en donne à cœur joie, démarrant sur les chapeaux de roue et faisant crisser les pneus dans les virages. Un vrai rodéo. Se prenant définitivement pour un cow-boy, il stoppe, d'un brusque coup de frein, devant le restaurant. Laure sort de la voiture, les jambes flageolantes.

Elle entre dans le hall. Aucun bruit. Avant d'ouvrir l'épais rideau noir qui la sépare de la salle, elle s'arrête pour réguler son souffle.

À l'intérieur, tout le monde retient le sien.

Depuis le matin, Justine et Élodie sont sur le pied de guerre pour transformer le célèbre Restaurant J, en salle de réception.

Quelques tables nappées de noir et de rouge, au fond de la pièce, pour les buffets. Des fleurs partout. Des roses rouges, les préférées de Laure.

En attendant l'arrivée de sa compagne, Justine veille aux derniers préparatifs.

Très élégante dans son tailleur-pantalon en soie sauvage, — on va être splendides, avait affirmé Laure, lorsqu'elles avaient essayé leurs tenues —, elle navigue de la salle à la cuisine, pour transmettre ses directives au personnel mobilisé pour la circonstance.

Pour faire patienter les convives, elle a débouché les premières bouteilles de champagne. Elle reste calme, car, dans ce métier, il faut toujours l'être, mais elle s'inquiète des conséquences du retard de Laure. À trop attendre, les petits fours risquent d'être immangeables.

La fête, ce soir, explosera aussi dans la bouche, et elle doit être parfaite.

Élodie, resplendissante dans une robe moulante en lamé argenté, est plus nerveuse. Des mois passés à envoyer des mails ou à téléphoner à tous les amis de sa mère. Les actuels, bien sûr, mais surtout les anciens. Pas facile de les dénicher, ceux-là. Après avoir ratissé *Facebook* en vain, elle avait écouté les conseils de Justine, et avait poursuivi ses investigations sur *Copains d'avant,* « le site des vieux ».

Finalement, elle avait réussi à mettre la main sur trois de ses camarades de lycée, et surtout sur sa meilleure amie, Isabelle, dont elle était inséparable, jusqu'au baccalauréat.

Cette dernière lui avait donné du fil à retordre. Elle ne répondait à aucun des messages laissés sur le site. Cependant, en détaillant son profil, Élodie avait noté la présence d'un fils, Paul, qu'elle avait pu retrouver facilement, sur *Instagram* cette fois.

Le jeune homme, qui avait cinq ans de plus qu'elle, était ravi de cette invitation, et s'était engagé à convaincre sa mère.

Au fil de leurs discussions virtuelles, ils s'étaient découvert de nombreux points communs et étaient impatients de se rencontrer.

En voyant la mère et le fils, côte à côte, Élodie avait été frappée par leurs différences physiques. Lui, grand et vigoureux, aux yeux d'acier et aux cheveux bruns, elle, petite et diaphane, aux yeux marrons. Insignifiante.

Dès leur arrivée, elle avait présenté Isabelle aux autres invités-surprises. Une rencontre qui n'avait soulevé aucun enthousiasme. Cette femme avait-elle réellement pu être la meilleure amie de sa mère ? Avait-elle été toujours aussi transparente ou la vie l'avait-elle effacée ?

Son seul échec était l'absence de son grand-père, avec qui la jeune fille était toujours en contact. Il avait décliné l'invitation, prétextant un tournoi de golf en Australie. « Une autre fois peut-être ? » avait-il ajouté, laissant la porte ouverte à une éventuelle réconciliation.

Enfin, avec une bonne demi-heure de retard, le guetteur, qu'elle avait placé à l'entrée du restaurant, entre en criant : elle arrive, elle arrive.

Élodie, tout excitée, reprend son rôle de maitresse de cérémonie :

— Attention, la voilà. Silence absolu. On fait comme on a dit, je compte sur vous.

Majestueusement, Laure écarte le rideau de velours noir, accueillie par le rituel *Happy Birthday* de Stevie Wonder. Tous les invités, respectant les consignes reçues, se rapprochent en chantant et en dansant, pour former une haie d'honneur jusqu'à Élodie et Justine, qu'elle enlace, les larmes aux yeux.

Intimidée et heureuse, elle parcourt l'assemblée du regard, faisant des signes à certains et s'arrêtant sur d'autres, qu'elle ne reconnait pas. Comme ces trois hommes qui la saluent avec des mimiques et des clins d'œil entendus, ou cette petite femme aux cheveux poivre et sel, qui se cache derrière eux. Des visages qui lui disent quelque chose.

Élodie frappe sur un verre avec un couteau, pour réclamer le silence :

— Tu nous as fait peur ! On a bien cru qu'on allait passer la soirée sans toi. On a même commencé à boire. *Gloussements dans l'assemblée.*

Cinquante ans, c'est difficile à accepter, non ? Rassure-toi, nous sommes tous là pour t'aider à vieillir. *Rires étouffés*. Non, je rigole maman, tu es et tu resteras toujours aussi jeune. Nous, nous sommes seulement venus pour faire la plus grande fête de l'année. Comme tu peux le constater, tous tes amis sont présents, et tu vas avoir la soirée pour profiter de chacun. Avant tout, je voudrais te présenter quatre personnes que tu n'as pas vues depuis... très longtemps.

D'un signe de la main, elle demande aux trois anciens camarades de classe de les rejoindre. Le silence se fait autour d'eux. Laure se concentre. Oui, elle les connaît, mais elle n'ose pas se prononcer. Si elle se trompait, cela pourrait devenir embarrassant. Elle implore sa fille du regard. Élodie reprend la main :

— Je vais t'aider. Tu es émue, on te pardonne. C'est vrai qu'à cinquante ans, on a la mémoire qui flanche, d'autant que, chez nous, c'est un peu héréditaire. *Rires gênés*. Alors ici, c'est Xavier, là c'est Philippe et enfin, voici Marc. J'ai mis un peu de temps pour les retrouver, mais eux, ils n'ont pas hésité une seconde avant d'accepter mon invitation.

Elle adresse un sourire d'excuse aux trois femmes qui les accompagnent, avant de poursuivre :

— J'ai cru comprendre qu'il s'était passé des trucs entre vous, mais bon, il y a prescription, n'est-ce pas mesdames ?

Laure se jette dans leurs bras, surexcitée :

— Je rêve, ce n'est pas possible. Xavier, tu n'as pas changé, comment tu fais ? Toujours la même tignasse, c'est hallucinant ! Dès que je t'ai aperçu, je me suis dit, lui, je le connais. J'avais ton prénom sur le bout de la langue. En revanche, vous les gars, je suis désolée mais en chauves, vous êtes méconnaissables !

Les trois hommes rient en l'embrassant, sous les applaudissements de la salle. Pendant ce temps, Élodie est allée chercher Isabelle, qu'elle cache derrière elle.

Toujours à l'aide de son couteau et de son verre, elle interrompt les retrouvailles pour réclamer le silence :

— Ce n'est pas tout, maman. J'ai encore une surprise pour toi, et celle-ci m'a donné beaucoup plus de mal. *Ta-dam*, dit-elle en s'écartant pour laisser la vedette à Isabelle.

Après une seconde infinie, Laure pousse un cri de joie et se précipite sur elle. Bien sûr, c'est elle, c'est sa meilleure amie. Pour tout dire, elle l'aurait croisée dans la rue, elle ne l'aurait sûrement pas reconnue, mais là, après les trois autres, c'est un peu comme si le puzzle se reconstituait.

La dernière fois qu'elles s'étaient vues, elles avaient dix-sept ans. Une éternité. Isabelle était alors enrobée et très brune. Aujourd'hui, délestée de ses kilos et les cheveux grisonnants, elle parait plus âgée que Laure. Sous le coup de l'excitation, celle-ci la soulève dans ses bras :

— Isabelle ! Où te cachais-tu ? Ça fait si longtemps ! C'est incroyable !

Toute l'assemblée les félicite, mais Élodie ne leur laisse pas l'occasion de s'éterniser :

— Voilà, les surprises c'est fait, et vous aurez tout le loisir de vous raconter vos vies. Maintenant, place à la musique et à la danse !

Au milieu des applaudissements, elle tire sa mère par le bras. Laure adresse un sourire d'excuse à ses camarades de jeunesse, soulève sa belle robe et s'élance sur la piste, entourée de tous ses amis.

La fête bat son plein.

Isabelle ne danse pas. Cachée dans un coin de la salle, elle observe les invités. Surtout Laure. Les années n'ont pas terni sa beauté. Elle la trouve même plus radieuse qu'autrefois. Sans doute grâce à cette Justine... sa compagne, donc ?

Lorsque Paul lui en avait parlé, son cerveau avait refusé d'assimiler l'information :

— Comment ça, ensemble ? Je croyais qu'elle était mariée et qu'elle avait une fille...

— Elle est divorcée.

— Mais...

— Mais quoi ? C'est sûr que pour toi, un homme et une femme, c'est difficile à imaginer, alors deux femmes, c'est carrément mission impossible. Ce que tu peux être coincée, maman ! avait-il répliqué sèchement.

Elle n'avait pas insisté. Elle n'aime pas les conflits. Surtout pas avec lui.

Ainsi, Laure vivait avec une femme.

Comment ses parents avaient-ils réagi quand ils avaient appris que leur fille chérie était amoureuse d'une femme, métisse de surcroît ? Claire, la mère, était ouverte et tolérante. Quant à Jean-Paul, le père… Elle ne peut s'empêcher de sourire en imaginant la scène. Un homme si conventionnel, si dépendant du qu'en-dira-t-on. Tellement fier de sa virilité.

Son regard se déplace vers le groupe des copains de classe. À part Xavier le hippie, elle non plus n'aurait pas reconnu les deux autres. Elle s'arrête sur Philippe.

Quand ils étaient au collège, elle était amoureuse de lui. Il était bien bâti pour un garçon de son âge, et en troisième, il avait déjà de la moustache. Enfin du duvet, mais à quatorze ans, on ne fait pas la différence. En maths et en anglais, il s'asseyait à côté d'elle. Pour tricher. Elle le laissait faire en rougissant de plaisir.

Aujourd'hui, le cheveu rare, le ventre en avant, les yeux cachés derrière d'épaisses lunettes à écailles, il n'a plus rien de son amour de jeunesse.

Elle détaille sa femme. Tout ça pour ça, pense-t-elle, amusée.

Quant à Marc, il s'est plutôt bonifié avec l'âge. Son crâne chauve et luisant à la Bruce Willis lui donne un air de *bad boy*. Svelte et décontracté, il semble très à son aise. Rien à voir avec le garçon gauche et boutonneux qu'il était. Sa femme est aussi insignifiante que celle de Philippe. Elles paraissent, d'ailleurs, ravies de s'être rencontrées.

En revanche, celle de Xavier est une magnifique rousse aux cheveux moussus. Un verre toujours à la main, elle parle et rit très fort. Tout comme lui. Deux ados qui se sont bien trouvés et qui refusent de vieillir.

Ces dames étaient-elles au courant des relations que leurs maris avaient entretenues avec Laure, ou ont-elles découvert le pot aux roses pendant le discours inaugural d'Élodie ?

Isabelle se pince les lèvres. Tout le monde a ses secrets et ses mensonges. Parfois, il suffit d'un rien pour que la vérité explose au grand jour.

Le petit groupe se dirige vers la sortie, sûrement pour fumer. Elle est prête à parier qu'ils vont se rouler un joint. En souvenir du bon vieux temps.

Lorsque Paul lui avait parlé de cette invitation, elle avait pâli. Comment Élodie avait-elle réussi à la retrouver, elle qui s'était toujours tenue à l'écart du monde ?

— Tu t'es quand même inscrite sur *Copains d'avant*, maman.

— J'étais jeune. C'était par curiosité. Je n'ai même plus le mot de passe.

— Les réseaux, c'est comme ça, ils te gardent en mémoire, que tu le veuilles ou non.

Elle avait décliné la proposition. Il avait insisté. Et plus elle s'obstinait, plus il questionnait :

— Pourquoi n'as-tu pas envie de revoir ton amie ? Élodie, sa fille, prétend que vous étiez inséparables. Toi, tu ne m'as jamais parlé d'elle. Qu'y a-t-il eu entre vous pour que tu tires ainsi le rideau sur cette partie de ta vie ?

— Ce ne sont pas tes affaires.

— Toutes les discussions sur ta jeunesse se terminent par ces mots. J'irai à cette fête, avec ou sans toi, et je découvrirai ce que tu me caches.

Il était parti en claquant la porte.

Cette dispute avait replongé Isabelle dans son passé.

— Personne n'échappe à son destin, lui répétait sa mère. Tu peux toujours essayer de le fuir, il te rattrapera toujours.

Elle avait verrouillé sa vie en veillant à ne rien laisser trainer derrière elle. Et elle avait fini par penser qu'elle ferait mentir la prédiction.

Mais Laure était réapparue tel un cadavre enseveli au fond de sa mémoire. Après plus de trente ans, le passé refaisait surface. Et, parce qu'elle n'avait pas d'autres choix, elle avait cédé.

Heureux, il l'avait soulevée, comme un trophée. Peut-être allait-il enfin découvrir la face cachée de sa mère ?

— Je savais que tu finirais par craquer. On ne refuse pas de revoir ses amis, sans une bonne raison. Allez, dis-moi ce qu'il y a eu entre vous. Une histoire de mecs, c'est ça ?

Elle était devenue écarlate et son désarroi l'avait trahie.

— J'en étais sûr, elle t'a piqué un amoureux. Classique entre copines, Maman, il est temps d'enterrer la hache de guerre. Surtout après tant d'années.

Vexée qu'il ne puisse l'imaginer autrement qu'en victime, elle s'était tue.

Elles avaient grandi à Angers. Elles habitaient à quelques rues, l'une de l'autre. Laure était issue d'une famille bourgeoise et elle, d'un milieu plus populaire. De chez elles, près de la Roseraie, jusqu'à la nouvelle ZUP où se trouvait leur collège, elles faisaient le trajet ensemble, souvent rejointes par Marc, Philippe et Xavier.

Isabelle passait tout son temps libre chez son amie. Ses parents l'avaient adoptée avec bienveillance. Comme une seconde fille.

De temps en temps, ils l'emmenaient avec eux en vacances. Ils étaient partis à Étretat. Jean-Paul, le père, participait à un tournoi de golf. Elles avaient une douzaine d'années. Elles se rêvaient exploratrices et s'étaient donné le vertige en s'approchant, au plus près du bord, pour voir les puissantes vagues s'écraser au pied de la falaise.

Sur le green, elles s'entrainaient à « taper la balle », en massacrant l'herbe, sous le regard amusé de Claire. Et elles riaient. La vie était si belle.

Plus régulièrement, elle les accompagnait au club nautique, sur les bords de Loire, et elle s'était même essayée au ski nautique.

Laure était tellement à l'aise, sortant de l'eau avec grâce, et criant de bonheur en dansant sur les vagues, qu'elle avait eu envie de l'imiter.

C'est son père, pantalon marine et polo blanc, qui conduisait le hors-bord. Un bel homme. Avec ses yeux, bleus et durs comme de l'acier, il ressemblait à Alain Delon. En plus souriant.

Il lui avait proposé une initiation. Sous ses encouragements, elle s'était sentie téméraire. Les skis aux pieds, elle s'était assise, anxieuse, sur le ponton. Il l'avait rassurée :

— Ne t'inquiète pas, je te surveille. Tu as bien compris le principe ? Au démarrage, tu restes bien droite. Attention, ça tire fort, ne te laisse pas entrainer. Si tu vois que tu ne t'en sors pas, lâche le palonnier, et laisse-toi tomber. Il ne peut rien t'arriver, avec le gilet. Je viendrai vite te chercher.

Et il avait mis les gaz. Elle avait bien essayé de se redresser sur l'eau, mais elle s'était écrasée lamentablement et s'était laissé trainer par la corde qu'elle n'avait pas eu le réflexe de lâcher.

La voyant en difficulté, le père de Laure avait ralenti et était revenu près d'elle. Il lui avait tendu la main.

— Ce n'est pas grave. La première fois, c'est toujours un peu douloureux, lui avait-il dit avec un clin d'œil. On recommence ?

— Non, merci, avait-elle répondu les joues en feu.

De retour sur le ponton de départ, Laure s'était moquée d'elle :

— On a dit ski nautique, pas plongée sous-marine, ma cocotte !

Et elle avait repris sa place sur les skis, sans plus se préoccuper d'elle.

Au lycée, leur relation s'était distendue. Elles n'avaient ni les mêmes horaires ni les mêmes amis. Mais Isabelle servait toujours de prétexte à Laure. Pour sortir, et surtout pour découcher.

Après le baccalauréat, Laure avait intégré sa grande école, à Paris. Isabelle était restée. Le père de Laure venait d'être nommé directeur de la BNP d'Angers. Connaissant sa situation familiale, il lui avait offert un poste au guichet.

— Si tu t'accroches, tu monteras les échelons aussi rapidement que ceux qui ont un diplôme.

Isabelle avait écrit à Laure une fois, deux fois. En vain. De temps à autre, elle demandait de ses nouvelles :

— Elle est très occupée. Elle sort beaucoup, tu la connais.

Laure s'affale sur une chaise, à côté d'elle :
— Tu ne danses pas ?
— Tu sais bien que je n'aime pas ça.
— Tu aurais pu changer. Je m'excuse vraiment de ne pas pouvoir passer plus de temps avec toi. Ne t'inquiète pas, on se rattrapera bientôt.

Isabelle lui sourit, résignée.
— Tu vis où, maintenant ?

— À Fontainebleau, répond-elle en espérant que Laure ne poursuive pas son interrogatoire.

Heureusement, juste en face d'elles, leurs copains de classe font leur retour dans la salle. Xavier, Annabelle son épouse, Marc et Philippe sont hilares et visiblement très excités. Les deux autres femmes se tiennent derrière eux, la mine embarrassée. Laure se serre contre son amie :

— Tu vois ce que je vois ? Et tu penses ce que je pense ? chuchote-t-elle avant de cacher sa tête dans son épaule, en étouffant ses rires.

— On est bien d'accord que ça sent la *beu* à plein nez ? Je n'aime pas jouer les rabat-joie, pourtant je ne peux pas les laisser faire. Pas ici. Pas dans le restaurant de Justine.

— Dans l'état où ils sont, ils ne t'entendront pas. À moins d'en parler aux femmes de Marc et Philippe. Elles, à mon avis, elles sont *clean*. Mais je doute qu'elles puissent exercer une quelconque influence sur eux.

— Tu as raison, c'est clair qu'elles ne doivent pas porter la culotte, ces deux-là.

L'espace d'un instant, elles ont seize ans. Deux commères moqueuses qui n'ont pas leur langue dans leur poche. Puis, leurs regards se posent sur Paul en grande conversation avec Élodie.

— Il est beau ton fils ! Vraiment ! Il a quel âge ?

— Trente ans, répond Isabelle dans un souffle.

— Tu l'as eu jeune, dis donc. Moi, j'ai eu Élo à vingt-cinq ans. C'était un accident, sinon, j'aurais volontiers attendu quelques années de plus.

Un silence. Elle reprend :

— Ils ont l'air de bien s'entendre. Hey, ce serait marrant qu'on devienne belles-mères ! ajoute Laure en riant, avant de se lever pour rejoindre ses amis sur la piste de danse.

La bouche sèche, et le cœur dans les tempes, Isabelle se dirige vers la sortie. Laure vient de la rappeler à l'ordre. Elle ne devrait pas être là, et Paul encore moins. Elle ne veut plus rien voir. Ne veut plus rien entendre. Elle sort son portable et écrit un message.

Je suis fatiguée. Je rentre. Ne t'inquiète pas, j'ai les clés de chez toi. Amuse-toi bien. À demain.

Elle appuie sur envoi. Après un temps, elle ajoute :

Excuse-moi auprès de Laure.

Envoi, de nouveau.

Elle récupère son manteau au vestiaire et ouvre son application pour trouver un taxi. Deux minutes plus tard, elle s'engouffre dans la voiture.

Paul n'a pas répondu. Il n'a même pas lu le message. Trop occupé à tourner autour de cette Élodie.

Pour le moment, ce qu'elle veut, c'est dormir. Et ne plus penser. Elle se déshabille, se lave les dents, remplit un grand verre d'eau et avale un demi-Lexomil. Une valeur sûre.

Allongée dans le noir, elle voit le visage de Paul se superposer à celui de la jeune femme. Du plus profond d'elle-même sort un cri rauque. Elle enfonce le poing dans sa bouche pour l'étouffer.

Respire Isabelle. Respire. Ce n'est rien. Juste une de ces maudites crises de panique.

Elle ouvre la pochette sur la table de chevet, et prend le reste de son précieux médicament.

Elle ferme les yeux.

Il est quatre heures du matin quand Laure et Justine, dans l'obscurité de leur chambre, se remémorent les étapes de la soirée.

Le traditionnel *debrief.*

La plupart des invités avaient tenu jusqu'à deux heures. Quand « le groupe des trois » était venu la saluer, Laure s'était exclamée :

— C'est passé tellement vite, on n'a même pas eu le temps de bavarder.

— Nous sommes des quinquas, nous aussi, alors deux heures, c'est déjà une folie, avait ironisé Xavier, encore très en forme. Ne t'inquiète pas, on va s'organiser une soirée tous ensemble. Et à l'abri des regards, avait-il ajouté avec un clin d'œil plein de sous-entendus.

— Ils ont vraiment fumé de l'herbe devant la porte de mon restaurant ? demande Justine sidérée.

— Eh oui ! Je suis désolée, chérie.

— Ce n'est pas ta faute. Enfin, pas vu, pas pris. Et, dis-moi, toi... tu as réellement couché avec les trois ?

— Hum, approuve Laure, en faisant semblant de dormir.

— Ensemble ou séparément ? insiste Justine en la bousculant.

— Séparément, voyons ! Nous étions presque des enfants... En revanche, ça pouvait être dans la même journée.

Justine pousse un cri outré.

— Je te savais perverse, mais je pensais que tu l'étais devenue à mon contact. J'étais loin d'imaginer que c'était ta vraie nature.

— Perverse ! Tout de suite les grands mots ! J'étais jeune, ça ne compte pas. Et pour être honnête, ils n'étaient pas très bons. À part Xavier, peut-être... après avoir fumé seulement.

— Les substances t'ont toujours fait de l'effet, dit Justine en lui caressant les seins.

— Exact, mais pour le moment, ce dont j'ai vraiment envie, c'est de dormir.

Toutefois, il y avait une ombre au tableau :
Isabelle, que personne n'avait vue s'éclipser.

— C'est loin d'être une rigolote, ta copine. Au moins, elle, je suis certaine que tu n'as pas couché avec elle.

— Ça ne risquait pas. D'ailleurs, je me demande qui a bien pu lui faire un si bel enfant. Sûrement quelqu'un qui avait abusé de l'alcool. Ou alors, elle s'est fait violer. Par erreur, bien sûr, ajoute-t-elle en gloussant.

Justine lui mordille l'oreille :

— Vilaine ! Qu'est-ce qu'elle t'a fait pour que tu sois aussi méchante ?

— Ça va, je plaisante.

Après un silence, elle marmonne :

— N'empêche, j'aurais dû m'occuper un peu plus d'elle, ce soir.

Les jambes enroulées autour de sa compagne, elle sombre enfin dans un profond sommeil.

Justine, encore sous le coup des émotions et de l'excitation, tarde à s'endormir. Elle la détaille avec tendresse, en effleurant chaque partie de son corps. Sous le passage de ses doigts, Laure gémit, souriant aux anges.

Même si leur relation était actée depuis presque quatre ans, cette soirée était leur première sortie officielle. Elle ne connaissait pas tout le monde, et s'était amusée des regards curieux qu'on leur lançait.

Après leurs retrouvailles, il y a cinq ans presque jour pour jour, tout était allé très vite.

— On a assez perdu de temps. Si l'on veut vivre notre amour au grand jour, il faut trancher dans le vif.

Lorsque Laure avait annoncé à son mari que Justine était sa maitresse et qu'elles avaient l'intention d'emménager ensemble, il avait éclaté de rire.

— Qui ? La proprio du Restaurant J ? Si c'est une blague, elle est très drôle !

— Je suis sérieuse, je l'aime.

Son visage s'était fermé. Il l'avait fixée un long moment avant de lui tourner le dos :

— Jé... Où vas-tu ? Reste ici, il faut qu'on parle.

— On parlera, oui...plus tard. Là, tout de suite, j'ai besoin d'air.

Et il était parti en claquant la porte.

Elle avait appelé son amie, en pleurant.

— Tu t'attendais à quoi ?

— Pas à ça, en tout cas. Ça fait des années qu'il n'y a plus rien entre nous. Il devrait être content, je le libère.

— C'est son orgueil de mâle. Tu lui annonces que tu le trompes. Avec moi. Je te rappelle que c'est grâce à lui que nous sommes ensemble. Laisse-le digérer l'information.

Il avait tenu quelques semaines, pendant lesquelles ils avaient cohabité pacifiquement, le temps de prévenir Élodie, et de s'organiser. Puis, il était parti s'installer chez sa maitresse.

— Vingt-sept ans de vie commune et il me balaie comme un tas de poussière, s'était-elle plainte.

— J'échange volontiers avec toi, avait répondu Justine, pour qui la séparation était plus compliquée.

Après son master de l'ISC, elle s'était lancée dans la restauration. Elle avait enchaîné les stages et les remplacements, en France et à l'étranger, avant de se voir proposer la direction d'un établissement Nouvelle Génération, à Paris. Un défi qu'elle devait relever pour se faire accepter de ses pairs.

Dominique était professeur de français à l'école hôtelière Ferrandi, à Paris.

Deux fois par an, il plaçait ses élèves en stage dans les établissements les plus réputés de la capitale. Dont celui de Justine.

C'est ainsi que leurs routes s'étaient croisées.

Elle avait vingt-quatre ans. Il en avait dix de plus. Elle était ambitieuse. Il était patient. Et il l'aimait. Elle vivait cette histoire, sans passion, et ne faisait aucun projet à long terme. Surtout pas celui de tomber enceinte.

Bien décidée à interrompre cette grossesse imprévue, elle avait suivi la procédure et passé une échographie de contrôle.

— Félicitations. C'est un beau couplé gagnant, avait dit le médecin.

— Ah, non, pas de félicitations ! Je suis là pour avorter.

— Madame, ce sont des jumeaux.

— Un, deux, trois, je m'en fous, je n'en veux pas, lui avait-elle crié.

Habitué à ce type de réaction, il lui avait expliqué calmement que l'IVG n'était pas recommandée, à ce stade, pour des jumeaux.

— Il y a bien un papa ?

— Un... papa ? Vous plaisantez ? Je ne veux pas de cette grossesse, point final.

— Réfléchissez tranquillement. Vous allez trouver une solution, mais l'avortement n'est pas une option.

Consulté en urgence, Dominique s'était immédiatement senti concerné. Et responsable. La gémellité, c'était de son côté.

— Tu peux compter sur moi. Je vais demander un congé parental, aussi longtemps qu'il le faudra. Tu ne t'apercevras même pas qu'on a des enfants.

Elle avait cédé, à contrecœur.

Ils s'étaient mariés. Elle avait accouché de jumelles, et tout s'était passé comme il l'avait promis. Congé parental, temps partiel, il avait tout géré. Lorsque les filles avaient pris leur envol, il s'était retrouvé seul dans une maison également désertée par Justine, trop occupée par le Restaurant J, qu'elle venait d'acquérir.

Il y a cinq ans, lorsqu'elle lui avait annoncé qu'elle était amoureuse et qu'elle voulait divorcer, il s'était effondré.

Il avait tout tenté pour l'en dissuader. Il s'était mis au sport, avait changé ses habitudes, sa garde-robe, lui avait proposé un voyage, une bague.

— Tu n'es pas en cause. Tu es un bon mari et un père extraordinaire. Je te remercie du fond du cœur d'avoir élevé nos enfants. Tu n'as absolument rien à te reprocher. Notre famille, c'est grâce à toi qu'elle existe. Je suis la seule fautive. Je viens de m'apercevoir que je me suis trompée d'histoire d'amour. Et je ne veux plus passer à côté du bonheur.

Devant l'évidence, il avait fini par accepter. Désormais à la retraite, il se prépare à partir, seul, autour du monde. Son rêve d'adolescent.

En fin de compte, à part Jean-Paul, le père de Laure, tous avaient trouvé leur place dans cette nouvelle configuration.

Avant de fermer les yeux, dans la chaleur de leur lit, son corps soudé à celui de sa femme, Justine se sent reconnaissante envers la vie qui les a réunies.

Que se serait-il passé si Jérôme avait choisi un autre restaurant ?

Ou si elle avait laissé Igor faire le tour des tables, seul, ce soir-là ?

Ou encore si Laure n'était pas revenue, pour la supplier de l'appeler ?

Paul éprouve, lui aussi, des difficultés à trouver le sommeil.

Il pense à sa mère.

— Elle est rentrée à vingt-trois heures. Je n'arrive plus à la comprendre. Elle a l'âge de la tienne, et elle fait dix ans de plus ! avait-il dit à Élodie, avant d'ajouter :

— Elle s'excuse auprès de Laure. Tu pourras transmettre ?

— Ne sois pas si sévère, elle était sans doute fatiguée.

— Fatiguée ? De quoi ? Elle ne travaille même plus. Dépression.

— Mince, la pauvre ! Ne t'inquiète pas, maintenant qu'elles se sont retrouvées, je suis certaine qu'elle va aller mieux. Ma mère, c'est une bombe atomique, et il faut être mort pour ne pas la suivre.

— J'espère... Moi, en tout cas, j'ai passé une très belle soirée.

Plaquant son corps contre celui de la jeune fille, il avait murmuré :

— Je n'ai pas envie de te quitter.

Elle ne s'était pas dégagée. Il l'avait même sentie vibrer. Elle avait planté des yeux moqueurs dans les siens, s'était hissée sur la pointe des pieds, et avait effleuré le coin de ses lèvres avec un léger baiser :

— On se revoit très vite. Rentre bien.

Enfin, aux premières lueurs de l'aube, le désir cédant à la fatigue, il enserre son oreiller avec fougue, et s'endort.

Il est midi, lorsqu'il sort de sa chambre. Isabelle l'attend, sagement assise sur le bord du canapé. Son sac bouclé à ses pieds.

Elle lui sourit :

— Je n'ai pas fait trop de bruit ?

— Du bruit, toi ? J'ai même cru que tu étais partie, répond-il sèchement.

Elle se raidit. Il lui en veut.

— Pour hier, j'étais fatiguée. Tu sais bien... avec mes médicaments.

— Bon sang, maman, ça devient pénible. Les médicaments, les médicaments, il a bon dos ton *burn-out*. Hier, pour la première fois de ton existence, c'était toi, l'invitée vedette. Laure était heureuse de te retrouver. C'est ta meilleure amie. Mais toi, tu disparais à vingt-trois heures. Sans un mot.

— Je t'ai envoyé un message pour te prévenir.

— Je me fiche de ton message. Quand tu es chez toi, tu peux te coucher à dix-huit heures, si tu en as envie, mais hier, c'est à moi que tu as fait honte. Et ça, je ne le supporte plus.

Sous le coup des accusations de son fils, elle baisse la tête.

— Bref. Je m'habille et je te ramène, lance-t-il, sévère.

Sa vie était à l'arrêt depuis six mois.

Son chef venait de prendre sa retraite. Après trente ans sur le poste d'adjointe, elle briguait le sien.

Et puis, il y avait eu cette convocation du siège. Son travail était irréprochable et ses qualités indéniables. Mais l'on avait besoin de sang neuf et l'on préférait mettre un jeune diplômé à la tête de l'agence. Bien sûr, l'on comptait sur elle pour l'épauler dans cette tâche.

Elle était rentrée chez elle, le dos courbé sous une chape de déception. Elle n'en était plus sortie.

Paul avait pesé de tout son amour pour lui redonner confiance :

— Il n'y a rien de personnel. Toutes les sociétés font cela. Pour rester compétitives. Alors oui, c'est humiliant de se faire voler la place par un jeune loup sans expérience, mais ce n'est pas une raison pour t'enterrer vivante. Prends du temps pour toi, fais-toi plaisir, lui répétait-il.

Quand Élodie l'avait contacté, il avait espéré que ces retrouvailles l'aideraient à surmonter son mal-être. Aujourd'hui, il regrette d'avoir insisté.

Il ne supporte plus son chantage affectif, et surtout, il refuse qu'elle pollue sa relation avec sa nouvelle amie, sous prétexte de chamailleries de cour d'école ou de rivalités amoureuses.

Il la reconduit chez elle. En silence.

Elle descend de la voiture, récupère son sac sur la banquette arrière, et attend qu'il sorte pour l'embrasser. Comme d'habitude.

Les yeux braqués devant lui, il démarre.

Sur la route du retour, il essaie d'effacer de sa mémoire, l'image de cette femme désemparée, sur le bord du trottoir.

Elle était restée un long moment, à scruter l'horizon. Puis, elle s'était résolue à rentrer.

Elle avait défait sa valise, plié soigneusement ses vêtements, avait fermé ses volets, et s'était couchée. Pour ne plus se relever.

Roulée en boule, elle s'était repassé le film de sa vie. Et les images lui avaient sauté au visage, tels des diables dansant autour d'elle. Jour et nuit, sans répit. Jusqu'à lui perdre la raison.

Hystérique, elle balançait ses mains pour les chasser. Ils s'éparpillaient en grimaçant, se cachaient parfois durant des heures, lui laissant un peu de répit, et rejaillissaient brusquement, pour la torturer de nouveau.

Elle avait essayé de contacter son fils. À deux reprises. Il n'avait pas répondu. Alors, elle avait éteint son téléphone et s'était coupée du monde.

Les yeux fixés au plafond, elle se voyait voler dans la pièce. Elle sortait de son corps, planait dans la chambre, se jetait contre les murs, la tête la première, avant de foncer sur elle, pour réintégrer son enveloppe charnelle.

Son lit s'était transformé en cloaque. Ses draps sentaient la sueur, l'urine et le vomi mélangés. Autour d'elle, le sol était jonché de mouchoirs et de boites de médicaments. Vides.

Elle avait tenu dix jours.

Le dixième jour, réunissant ses dernières forces, elle avait traversé la rue, pour demander de l'aide au docteur Chavel.

Il s'apprêtait à partir, lorsqu'elle était entrée, vacillante, dans la salle d'attente déserte. Il avait juste eu le temps de bondir sur elle, pour la rattraper avant qu'elle ne s'effondre.

— Isabelle, que se passe-t-il ? Je vous croyais chez votre fils.

— Les diables. Ils ricanent, ils se moquent de moi, le jour, la nuit, avait-elle balbutié, en plein délire. J'ai pris les médicaments.

— Quels diables ? Quels médicaments ?

— Je ne sais pas... tous.

Grimaçant de douleur sous son poids, il l'avait portée jusqu'à son fauteuil, pour l'ausculter.

Son pouls était faible. Son cœur, saccadé. Sa tension dangereusement basse. La blancheur de son visage était effrayante. Il n'avait pas aimé son absence de réflexes, son regard mort et ses tremblements convulsifs.

— Je ne peux pas vous laisser repartir, je dois vous hospitaliser.

Comme sous l'effet d'un électrochoc, elle s'était redressée, les yeux exorbités.

— Non, non, pas l'hôpital. Ce n'est rien. Il faut seulement que je dorme.

— Écoutez-moi. Vous connaissez parfaitement le danger des traitements que je vous prescris, et jusqu'à présent, il n'y a eu aucun dérapage. Donc, quand vous avez pris « tous les médicaments », comme vous dites, vous saviez exactement ce que vous faisiez, n'est-ce pas ?

Elle s'était remise à pleurer, en silence. Il s'était assis en face d'elle, le visage fermé :

— Pourquoi ?

Il ne la lâchera pas tant qu'elle ne s'expliquera pas.

— J'ai menti, j'ai triché... Je ne veux pas perdre mon fils.

— J'ignore de quelle mauvaise action vous vous accusez, mais je vous connais, et je sais que vous n'avez rien pu faire de grave. En tout cas, pas au point de vouloir mourir. Quoi qu'il se soit passé dans votre vie, il vous suffit d'en parler, et tout rentrera dans l'ordre.

Ses larmes avaient redoublé. Non, il se trompait. Il ne la connaissait pas, et il ne pouvait pas imaginer ce qu'elle avait pu faire.

— Je ne peux rien vous dire. Je ne veux plus voir ces diables. Je veux dormir. Aidez-moi.

— Ce secret, vous le portez depuis trop longtemps. Je l'ai su dès que vous êtes entrée dans ce cabinet, il y a trente ans. J'ignore pourquoi, mais aujourd'hui, il remonte à la surface, et vous étouffe. C'est peut-être le moment de vous en libérer, vous ne croyez pas ?

— Je ne peux rien vous dire.

— Un médecin n'est pas un magicien. Aucun médicament ne peut vous soulager, tant que vous avez ce poison dans votre cœur. Si vous ne voulez pas me parler, prenez rendez-vous chez votre psy.

— Non, non, pas de psy. Ça ne sert à rien.

— Votre curé, alors ? avait-il ajouté pour la faire sourire. Ou bien, écrivez. Écrivez tout ce qui vous ronge. Videz votre âme, et libérez votre corps de ce carcan qui vous étouffe.

Elle n'avait pas relevé la tête. Pour ne pas croiser son regard.

Sans insister, il lui avait fait une injection de diazépam, et l'avait raccompagnée chez elle. Elle s'était laissé porter jusqu'à son lit.

— Je prends les clés, je m'occupe de tout. Et surtout, ne vous avisez pas de recommencer, lui avait-il ordonné.

Il avait attendu qu'elle s'endorme. Ensuite, il était repassé par son cabinet, pour programmer en urgence, une hospitalisation à domicile.

Le lendemain, il avait mandaté sa femme de ménage pour les repas et la remise en état de la maison, jusqu'à ce qu'elle recouvre ses esprits.

Matin et soir, il traversait la rue pour prendre de ses nouvelles.

Il s'était installé là, presque en même temps qu'elle. Il avait alors vingt-huit ans, et assurait la relève d'un confrère à la retraite. Isabelle avait vingt ans. Elle était seule et enceinte. De son passé, elle n'avait révélé que le strict minimum. Elle avait aimé un homme marié qui l'avait abandonnée, enceinte, se contentant de payer pour son erreur.

Au fil du temps, elle était devenue plus qu'une patiente. Lorsque son fils s'était installé à Paris, elle passait le voir, deux à trois fois par semaine, à la fin de ses consultations. Elle lui apportait le diner, pour qu'il ne reparte pas chez lui, le ventre vide. Sur le bureau de la secrétaire, elle disposait leurs deux assiettes, côte à côte, sur une jolie nappe fleurie. Ils se racontaient leurs journées, et rentraient, chacun de son côté, comme deux vieux amis.

La dépression d'Isabelle avait modifié leurs habitudes. Elle sortait rarement de chez elle, et n'avait plus d'entrain. Quand son absence se prolongeait, il sonnait à sa porte pour vérifier que tout allait bien. Il lui prenait la tension, écoutait son cœur. Pour justifier sa présence.

Ce soir, après dix jours de traitement intensif, elle est suffisamment en forme pour surprendre son ami.

Elle se poste à la fenêtre de son bureau, le voit éteindre les lumières, fermer sa porte et se diriger vers la sienne. Il lui semble plus voûté que d'habitude. Elle ouvre, sans lui laisser le temps de sonner. Il sursaute.

— Vous avez l'air bien fatigué, docteur !

— Oh... non, ça va ! Toujours mes vieilles douleurs ! Je suis ravi de vous trouver debout.

Elle le fait entrer dans la cuisine. Une bonne odeur flotte dans la pièce. La nappe fleurie est là, leurs deux assiettes aussi.

— C'est vraiment une excellente surprise, lui dit-il, touché.

— C'est pour vous remercier. Vous m'avez sauvée.

— C'est un peu mon métier, vous savez, répond-il doucement. Ça sent très bon, ici ! Laissez-moi deviner... bœuf bourguignon ?

— Quel nez ! Il a mijoté toute l'après-midi. Il devrait être parfait. À table, donc.

Il ne se fait pas prier, et mange avec appétit. Comme avant, il lui raconte sa journée, et partage avec elle, sans trahir le secret médical, quelques anecdotes sur ses patients. Il aime la voir rire, mais il n'est pas dupe. Ses yeux cernés de noir et ses gestes convulsifs prouvent qu'elle n'est pas guérie.

Vers vingt-deux heures trente, il se lève, repu, pour prendre congé. Avant de partir, il revient sur les derniers jours :

—   Votre fils est-il au courant de votre état ?

—   Il n'a pas besoin de le savoir. On s'est un peu disputés, et il ne m'a pas appelée depuis vingt-huit jours.

—   Je n'aime pas vous tirer les vers du nez, vous le savez. Alors, racontez-moi, si vous en avez envie.

—   C'est à cause de cette soirée... celle de ma copine. Je ne voulais pas y aller. Il a insisté. Je ne me sentais pas bien. Les crises de panique, les bouffées de chaleur... Je suis rentrée tôt, ça ne lui a pas plu. Il boude.

— Si ce n'est que cela, ça passera. Il n'y a que cela, n'est-ce pas ? Rien à voir avec les diables et ce secret si pesant qui vous a torturée après ?

— Non, rien à voir, dit-elle faiblement.

— Est-ce que vous avez écrit, comme je vous l'ai conseillé ?

— Oui, oui. Je suis vos prescriptions à la lettre, docteur. Ne vous en faites plus pour moi, répond-elle en le poussant gentiment dehors.

Dos à la porte, elle écoute ses pas s'éloigner lentement dans la nuit, et laisse enfin couler ses larmes.

Vingt-huit jours. Vingt-huit jours cochés sur le calendrier. Vingt-huit jours à espérer qu'il donne un signe de vie. Depuis l'arrivée de Laure, il n'est plus le même. Elle sait qu'il la compare à elle. Sa beauté, son élégance, son dynamisme. Il lui en veut de ce qu'elle est. De sa petite vie sans plaisir. Elle l'a perçu dans ses yeux. Elle l'a senti dans sa voix.

Et surtout, il y a cette Élodie. Que s'est-il passé entre eux ? Se sont-ils revus ? Se sont-ils embrassés ? Ou pire encore qu'elle n'ose imaginer.

Elle regarde sa montre. Vingt-trois heures. C'est peut-être un signe ? Elle saisit son téléphone et rédige un message :

Tu me manques, mon fils. Je t'aime.

Elle aurait voulu en dire plus. Lui raconter ses nuits d'horreur, lui avouer qu'elle avait failli disparaitre. Pour l'inquiéter. Ou simplement pour qu'il s'intéresse à elle.

Paul s'étire devant son ordinateur. Satisfait. Sa présentation est parfaite. Il a vérifié le moindre détail. C'est carré, c'est percutant. C'est à son image.

Lorsqu'il était entré chez *Hermès*, la directrice de la communication lui avait fait miroiter une éventuelle promotion sur l'un de leurs sites de province. Même si l'idée de s'exiler loin de la capitale ne l'emballait pas, il était prêt à tout pour gravir les échelons. Cette mission, c'était l'occasion rêvée de quitter la *Team Junior*.

Son téléphone vibre. À cette heure, ce ne peut être qu'Élodie.

Maman
Tu me manques, mon fils. Je t'aime.

Il se sent coupable. Après la soirée, sa mère avait essayé de le joindre. À deux reprises. Deux messages brefs, presque implorants. Il les avait effacés. Pour lui donner une leçon.

Elle ne s'était plus manifestée. Elle avait dû comprendre qu'il ne pouvait pas lui pardonner sa fuite. Il savait qu'en l'ignorant ainsi, il la faisait souffrir, mais, absorbé par son travail et surtout par Élodie, il l'avait totalement oubliée.

Devant ce message, il a honte de son attitude. Elle a dû se sentir bien seule.

Il l'appelle.

— Tu es encore réveillée ? Tu as une toute petite voix.

— Il est tard... Comment vas-tu ?

— J'étais en train de bosser. Je suis épuisé.

— Et ton travail ?

— Très bien. Je viens de finir une présentation pour demain. Je suis content. Ça va être top. Et toi ? Qu'as-tu fait de tout ce temps ?

Isabelle panique. Elle inspire et souffle pour se calmer.

— Pas grand-chose. La routine.

— Tu es sortie un peu ? Il a fait si beau.

Elle est surprise. Cloîtrée dans l'obscurité de sa chambre, elle n'a rien vu du soleil ni de la chaleur.

— Oui, et j'en ai même profité pour désherber. Le jardin en avait besoin, crois-moi. J'ai planté des fleurs aussi, ment-elle sur un ton qu'elle espère le plus léger possible.

— Je suis heureux que tu retrouves le goût de vivre.

— Tu viens bientôt ? demande-t-elle timidement.

Il rit. Il s'attendait à cette question.

— Bien sûr ! Laisse-moi encore un peu de temps, s'il te plait. Allez, va te coucher, maintenant.

Il est soulagé de n'avoir pas eu à gérer les pleurs et les jérémiades, mais les tremblements de sa voix ne lui ont pas échappé. L'émotion, sans doute.

Il regarde l'heure. Il se fait tard. Lumière éteinte, il envoie un dernier *smiley cœur* à Élodie et pose son téléphone sur sa table de chevet. Instantanément, il reçoit un *smiley baiser*. Il s'endort en souriant.

Isabelle sourit, elle aussi. Elle a retrouvé son fils.

Cependant, le docteur Chavel a raison. Elle doit lui apprendre la vérité, avant qu'il ne commette l'irréparable.

Demain. Demain, elle écrira.

Les deux amis ne s'étaient pas revus.

Élodie avait décliné, les unes après les autres, les propositions de rendez-vous, obligeant Paul à se contenter d'une relation virtuelle.

Toutefois, la jeune fille se passionnait pour son absence d'histoire, qu'elle trouvait mystérieuse.

— Je suis pire que le FBI, et j'arrive toujours à mes fins. Si ta maman nous cache un secret, je le découvrirai, affirmait-elle avec détermination.

Elle avait commencé son enquête par Laure :

— Si vous vous entendiez si bien, pourquoi vous êtes-vous séparées ?

— C'est la vie qui a décidé pour nous. J'avais dix-huit ans quand j'ai quitté Angers. Elle est restée.

Élodie
Nos mères sont tellement différentes
Je n'arrive pas à les imaginer inséparables
Paul
La tienne, elle travaille dans quoi ?

Élodie

Dans la banque. Au siège de la BNP

Paul

BNP ? C'est dingue !

Ma mère aussi. À Fontainebleau

Élodie

Je savais qu'elle y travaillait quand elle était à Angers

C'est mon grand-père qui l'avait embauchée

Mais je croyais qu'elle avait démissionné.

Tu ne le savais pas ?

Paul

Je ne connais rien de sa vie d'avant

Et donc, ta mère, elle fait quoi ?

Élodie

DRH

Paul

😮 😮 Si ma mère est en burn-out

C'est parce qu'on lui a refusé le poste qu'elle voulait

Élodie

Pas cool

Paul

Ce qui est encore moins cool

C'est que c'est la DRH qui a pris cette décision

C'est-à-dire ta mère

                                          Élodie

                                     Tu as raison
                        Je n'avais pas fait le rapprochement

Jusqu'à son départ de Fontainebleau, Paul avait posé des questions. En l'absence de réponses, il avait fini par se concentrer sur sa vie, oubliant celle de sa mère.

Tôt ou tard, elle apprendra que Laure est la principale responsable de son éviction. Elle ne lui pardonnera jamais. Et ce jour-là, il devra faire une croix sur sa relation avec Élodie.

Paul
Je l'aime, mais elle m'étouffe

                                          Élodie
                                     Et ton père ?

Paul
Père inconnu
C'est écrit comme cela sur mes papiers

                                          Élodie
                          Tu n'as pas cherché à savoir ?

Paul
Si. Toujours la même réponse :
Ça ne te regarde pas

Sauf une fois, à dix ans, je me suis fait agresser
On m'a traité de bâtard,
Elle a bien été obligée de me parler

Élodie
Alors ?

Paul
Elle m'a juste dit qu'elle avait connu
Mon père à Angers
Qu'elle était tombée enceinte à vingt ans
Et qu'il était marié

Élodie
Et bien sûr, il est resté avec sa femme

Paul
Voilà

Élodie
Classique

Paul
Il a tout payé. On n'a jamais manqué de rien

Élodie
C'est la moindre des choses
Ils sont toujours en contact ?

Paul
D'après ma mère, le seul contact
C'était un virement

L'argent avait toujours été au centre de leur vie. Ils habitaient une petite maison blanche, identique à toutes les autres de la rue.

C'est la banque qui avait logé sa mère, à son arrivée à Fontainebleau. Elle ne payait que les charges. Un jour, elle avait appris que le propriétaire voulait vendre. Elle était prioritaire pour l'achat. Il ne l'avait jamais vue aussi rayonnante que lors de la signature.

Paul avait été un élève médiocre, mais il avait de l'ambition, et après un baccalauréat obtenu au rattrapage, il avait jeté son dévolu sur l'EFAP, une école de communication très bien cotée. Et très chère.

— Je veux ce qu'il y a de mieux pour toi.

— Quand même maman, on parle d'environ dix mille euros l'année. Rien qu'en frais de scolarité.

— Ne t'occupe pas de ça. J'ai tout prévu pour que tu fasses de grandes études.

— Si je rentre dans cette école, je vais aussi devoir vivre à Paris.

— Je sais.

— Tu détournes le fric de la banque, ce n'est pas possible autrement, avait-il lancé.

Elle l'avait mal pris. Son honnêteté et son travail ne pouvaient pas être mis en doute. Hors d'elle, elle avait crié :

— Comment oses-tu dire cela ?

— C'est bon, je te taquine.

— Ce n'est pas drôle.

— Je veux juste savoir d'où sort cet argent. Tu viens d'acheter la maison, et maintenant, je t'annonce une école hors de prix. Ça fait beaucoup, non ? Je suis peut-être naïf, mais je ne suis pas idiot.

Elle l'avait regardé d'un air craintif. Elle ne pouvait plus reculer.

— C'est ton père

— Quoi, mon père ?

— Il ne t'a pas reconnu, mais il paie pour toi. Il verse tous les mois de l'argent sur un compte. Je ne sais rien d'autre.

— Jusqu'à quand vais-je profiter de cette manne providentielle ?

— Jusqu'à tes vingt-trois ans. Cinq années d'études supérieures.

— Et si j'ai besoin d'en faire plus ?

— Je te l'ai dit, j'ai ce qu'il faut. Tu ne manqueras de rien.

Non, il n'avait manqué de rien.

Sauf d'un père, évidemment.

Élodie
Tu l'as faite, cette école de journalisme ?
Paul
Avec du fric, toutes les portes s'ouvrent
Même pour les bâtards comme moi.

De stage en stage, il avait voyagé à travers le monde, menant une vie diamétralement opposée à celle, si étriquée, de sa mère. À la fin de sa formation, il avait renoncé à sa vocation de journaliste pour suivre un *MBA Luxury Communication and Strategies,* plus adapté à ses nouvelles valeurs.

Après avoir testé de nombreuses enseignes de luxe, il avait posé ses valises chez *Hermès*. Isabelle était fière de son parcours. Son fils était un conquérant aux dents longues. Instinctivement, elle avait laissé échapper « tout le portrait de ton père ». Avant de le regretter.

Élodie
Tu n'as pas de père
Mais tu as au moins
Des grands-parents ?

Paul
Oui
Ils habitent toujours à Angers
Ils ont viré ma mère quand ils ont appris
Qu'elle était enceinte

Élodie
Alors, eux non plus,
Tu ne les connais pas ?

Paul
J'y suis allé une fois, en cachette de ma mère
Quand je leur ai dit qui j'étais
Ils m'ont fermé la porte au nez

Élodie
☹

Paul
Tu comprends pourquoi
Je dis que j'étouffe

Élodie
Oui. Et ta mère, elle n'a jamais eu personne ?

Paul
Pas que je sache

            Elodie
            En trente ans ?
         Elle a dû l'aimer, ton père

Paul
Ou bien, il l'a dégoutée des hommes

            Élodie
            Pas faux

Paul
Et la tienne ?
Ça ne te gêne pas qu'elle soit avec une femme ?

            Élodie
         Au début, c'était bizarre
        Mais Justine est vraiment sympa

Paul
Et tes grands-parents, à toi ?

            Élodie
      Ma grand-mère a la maladie d'Alzheimer
       Elle vit dans une résidence médicalisée

Paul

            Élodie
         Ça te dirait d'aller la voir ?
      Il parait qu'elle aimait beaucoup ta mère

Paul
Oui, j'adorerais 😊

Élodie
Je vais nous organiser cela

Paul
Super ! Et ton grand-père ?
Il vit toujours à Angers ?

Élodie
Lui, on peut dire qu'il est sans domicile fixe
Depuis qu'il est à la retraite
Il parcourt tous les greens du monde

Paul
Les quoi ?

Élodie
Les greens, il joue au golf
Avec Trump, Elon Musk
Et tous les milliardaires de la planète

Paul
Sympa !
Et donc, si j'ai tout compris,
C'est lui qui dirigeait l'agence d'Angers
Où travaillait ma mère

Élodie
Exact
Il a fini directeur administratif au siège

Paul
Au siège ?
Ma mère devait le savoir, non ?

Élodie
Tous les employés connaissent
L'organigramme de la banque

Paul
☹ Donc, si elle a toujours su où il travaillait
Pourquoi n'a-t-elle pas cherché
À contacter ta mère ?

Élodie
Quand je te dis
Que ton histoire ne sent pas bon
Tu ne veux pas me croire

Paul
Tu as du travail avec nous, madame l'inspectrice !
Au fait, pourquoi n'était-il pas à l'anniversaire ?

Élodie
Il est fâché avec ma mère à cause de Justine

Paul
Avoir un père et ne pas le voir, c'est moche
Toi aussi, tu es fâché avec lui ?

Élodie
Non, mais comme je te l'ai dit
Il n'est pas souvent en France

Paul
En fait, c'est lui que j'aimerais rencontrer
Je suis sûr qu'il sait qui est mon père

Élodie
Eh bien, on va d'abord voir ma grand-mère
C'est plus facile
Mais promis
Dès qu'il passe par Paris
Je t'arrange une rencontre

Paul
Génial, merci
Sinon, on a fait le tour de la famille ?

Élodie
Il reste mon oncle Michael. Il vit à New York

Paul
J'imagine que lui non plus
Tu ne le vois pas beaucoup ?

Élodie
Non hélas
Il s'est fâché avec papi, il y a dix ans
Et avec maman, il y a cinq ans

Paul
😮 Décidément !
Ça ne sert à rien d'avoir une grande famille
Vous n'êtes pas plus heureux que nous

Après une première expérience ratée dans la publicité, Élodie a rejoint le clan familial à la BNP. Une fois par semaine, le jeudi, elle retrouve sa mère pour déjeuner, au Bouillon Chartier, la brasserie la plus vieille de la capitale, près du siège de la banque.

Malgré le flux incessant des touristes, elles arrivent toujours à trouver une table, grâce à William, le chef de rang, qu'elles arrosent de généreux pourboires et qui, en retour, les traite en *VIP.*

Après la soirée d'anniversaire, la jeune fille profite de ces tête-à-tête pour enquêter sur Isabelle. Les zones d'ombre qui l'entourent l'intriguent chaque jour davantage.

— Comment ça va avec le beau Paul ? lui demande Laure.

— Bien. Nous parlons beaucoup. Par SMS.

— Serait-il trop occupé pour mener une vraie relation avec une jolie femme comme toi ?

Elle esquisse un sourire.

— Lui, il est partant. C'est moi.

— Qu'est-ce qui ne te plait pas chez lui ?

— Il me plait beaucoup, mais j'ai une sorte de… blocage.

— Il est beau, poli, brillant. Et c'est le fils de ma copine. Que te faut-il de plus ?

— Justement, c'est cela qui m'ennuie.

— Moi, j'adore l'idée ! C'est un retournement de situation plutôt cocasse !

— Je me pose beaucoup de questions. Et j'aimerais que tu m'aides à y répondre.

— Je ne vais pas t'être d'une grande utilité. Je te répète que je n'ai pas vu Isabelle depuis l'âge de dix-sept ans.

— Tu m'as bien dit qu'elle avait démissionné avant de partir d'Angers ?

— Oui. D'après mon père, elle a même disparu sans laisser d'adresse et sans le remercier.

— Eh bien, c'est faux. Elle fait toujours partie de la maison.

Laure ouvre la bouche et fixe sa fille.

— Pourquoi papi m'aurait-il menti ?

— Et toi, tu es DRH, c'est ton travail de connaitre ton personnel, non ?

— Mon boulot à moi, c'est de gérer des taux de rentabilité, pas de connaitre les gens, répond sèchement Laure.

— Même ceux que tu licencies ou que tu mets au placard ?

— Comment ça ? Parle donc, tu es agaçante à la fin !

— Isabelle était directrice adjointe à l'agence de Fontainebleau. Il y a six mois, son chef est parti à la retraite. Elle croyait prendre sa place. Tu lui as préféré un jeune diplômé d'une grande école. Elle est en *burn-out*. Par ta faute. Tu as sauvé la rentabilité de ta boite, mais elle, tu l'as brisée.

L'entrain de Laure s'est éteint. Elle n'a plus d'appétit. Comment est-il possible qu'elle n'ait jamais été au courant de la présence de son amie dans le groupe ? Elle essaie de se souvenir du cas de cette agence. Mais remplacer les vieux par les jeunes, c'est son quotidien, et c'est surtout la politique de la maison. Elle suit les consignes. Sans états d'âme.

Elle met le nez dans son assiette, pensive.

— Sait-elle qui je suis ? Est-ce pour cela qu'elle ne répond à aucun de mes messages ?

— Non, elle n'est pas au courant, et comme elle ignore ton nom d'épouse...

— Admettons, mais, puisqu'elle est toujours dans le groupe, elle doit savoir que mon père était au comité directeur. Alors, pourquoi n'a-t-elle jamais cherché à me contacter ? Je n'y comprends rien.

— Moi non plus. Dès que papi passe par Paris, je me charge de le cuisiner pour connaitre la vérité. En attendant, ce qui est sûr, c'est qu'Isabelle va finir par apprendre que c'est toi qui l'as mise sur la touche, et elle ne te le pardonnera pas. Tu comprends mieux pourquoi je ne veux pas m'engager avec Paul ?

— Je peux lui parler. Je vais trouver une solution pour me rattraper.

— Non, il faut qu'on en sache plus avant de le lui dire. Toi, occupe-toi de ton voyage à New York, c'est plus important.

Laure sourit.

Oui, New York arrive à grands pas. Cinq jours de vacances offerts par Justine pour ses cinquante ans.

— J'aurais aimé que ce soit plus long, mais je ne peux pas m'éloigner davantage du restaurant, s'était-elle excusée en lui tendant les billets d'avion.

La surprise avait été préparée de main de maitre. Élodie s'était occupée de poser une semaine de congés pour sa mère, avec la complicité du chef du personnel, et une cagnotte en ligne avait été ouverte pour l'occasion. Le soir de son anniversaire, lorsqu'elle avait découvert son cadeau, elle avait hurlé de joie. Oubliant tous les invités, elle s'était précipitée sur Justine pour la soulever dans ses bras et l'embrasser à pleine bouche. Sous les applaudissements.

— Tu iras voir mamie quand nous serons à New York ? demande Laure avant de quitter sa fille.

— Bien sûr et je compte même y aller avec Paul, si cela ne t'ennuie pas.

— Excellente idée ! Elle aimait beaucoup Isabelle. Pourvu qu'elle s'en souvienne.

Le jour du départ, Laure ne tient pas en place. Derniers préparatifs, dernières vérifications : elle va, elle vient. Un vrai tourbillon.

—   Arrête de courir dans tous les sens, tu m'épuises, s'exclame Justine.

—   Je déteste voyager si loin, en laissant du bazar à la maison. On n'est jamais sûr de revenir, tu sais.

—   Merci de nous porter la poisse avec tes angoisses. Je te rappelle que nous ne serons absentes que cinq jours, et que la femme de ménage passera tous les matins, pour tes plantes. Alors s'il te plait, viens te poser près de moi.

—   OK, dit Laure en s'affalant sur le canapé. Tu as bien les passeports ?

—   Un mot de plus, et je te jure que je pars sans toi.

Comme une enfant prise en flagrant délit, Laure se blottit contre elle, en rougissant.

—   Qu'est-ce qui ne va pas ?

—   Mon frère, murmure Laure.

—   Quoi, ton frère ?

—   J'ai hâte de le revoir. Et en même temps, j'ai peur.

—   Tout va bien se passer. Quand tu lui as annoncé que tu venais, il avait l'air content.

Michael était le petit dernier de la famille. Il avait toujours été plus proche de la sensibilité artistique de leur mère que de l'amour des chiffres de leur père. Méprisant les écoles de commerce, il avait préféré le journalisme. Cependant, après des années à faire des piges, il s'était trouvé devant un dilemme : rejoindre le clan Caillaud à la BNP ou... s'expatrier.

Son choix avait été rapide. Pas question de devoir sa carrière à son géniteur, avec lequel il entretenait des rapports conflictuels.

Il était donc parti, et le rêve américain était devenu une réalité, puisqu'il avait été recruté, dès son arrivée, par le *NY Mag*, désireux d'étoffer ses équipes numériques.

—   New York, ce n'est pas le bout du monde. Je reviendrai, avait-il promis.

Il n'était pas revenu.

Quand la maladie d'Alzheimer avait kidnappé la mémoire de leur mère, Laure lui avait demandé de s'impliquer davantage à ses côtés.

—   Avant qu'elle ne t'oublie.

—   Je ne veux pas la voir comme cela. J'en ai déjà trop vu. Je ne peux plus.

—   Parce que tu crois que moi, je peux ?

Très en colère contre lui, elle avait coupé la communication. Ils ne s'étaient plus parlé. Mais, elle se sentait seule, surtout depuis la dispute avec son père. En lui offrant ce voyage, Justine donnait à la fratrie l'occasion de renouer ses liens.

—   C'est un premier pas. Allez, cette fois, c'est l'heure, le taxi arrive. On y va.

Après huit heures de vol, agréablement passées dans le confort de la classe affaires, Laure et Justine sont heureuses de débarquer dans *la Ville qui ne dort jamais*. Une première pour Laure.

À l'aéroport, un chauffeur en uniforme les attend, une pancarte à la main. En moins d'une heure, elles se retrouvent dans une suite du prestigieux Hôtel Chelsea, entre la 7e et la 8e avenue.

— D'abord, la *business class*, puis la limousine de dix mètres, et maintenant cet hôtel ! s'écrie-t-elle en courant de la chambre au salon et du salon à la salle de bain.

— Pour tes cinquante ans, il fallait bien cela, lui répond Justine en riant. Viens t'asseoir près de moi. Un peu de champagne pour fêter notre arrivée ?

Avec une dextérité toute professionnelle, elle débouche la bouteille qui attendait dans un seau de glace, et remplit leurs deux flûtes en cristal.

— Moët et Chandon, cuvée spéciale, comme pour nos retrouvailles ! Là, je suis totalement bluffée. Je devrais peut-être songer à t'épouser...

— En effet, tu devrais ! Disons que c'est notre voyage de noces, en avance !

Blotties l'une contre l'autre, elles dégustent le champagne en riant et en s'embrassant.

— On fait l'amour tout de suite, ou on attend ce soir ? Il n'est que seize heures, c'est peut-être un peu tôt pour se coucher...

— Voilà ce que ça donne, après quatre ans de vie commune ! s'écrie Laure, faussement agacée. Eh bien, sortons ! Nous sommes venues pour cela, non ? C'est toi le guide.

— Si tu n'es pas trop fatiguée, on peut prendre la 8ᵉ et marcher jusqu'à *Times Square*. C'est seulement à deux petits kilomètres. Cela nous permettra de découvrir le quartier.

— Deux kilomètres... je peux encore les faire. C'est parti.

Devant l'hôtel, un groom en redingote leur propose un taxi, qu'elles refusent poliment. Main dans la main, elles se dirigent vers le nord de la ville.

— Tu connais New York comme ta poche, on dirait. Tu as vécu longtemps ici ? Tu ne m'en as jamais parlé, questionne Laure en observant ce qui l'entoure.

— Six mois. Juste après mon diplôme. Une période un peu compliquée de ma vie.

— Un chagrin d'amour, peut-être ? demande Laure avec tendresse.

— Plutôt un amour impossible, répond Justine en lui broyant la main.

— Rien n'est impossible. Nous sommes là, toutes les deux.

— Je me pince chaque jour pour être sûre que je ne rêve pas.

Laure lui tord la peau du bras avec force.

— Aïe ! crie Justine en s'éloignant d'elle.

Laure éclate de rire.

— Tu vois, c'est bien la réalité. N'empêche, je suis un peu déçue, dit-elle plus sérieusement. Je m'attendais à autre chose. New York, pour moi, ce sont des tours vertigineuses. Pas ça, dit-elle en montrant les immeubles en brique rouge autour d'elles.

— New York, ce n'est pas que Wall Street et ses gratte-ciels. Chaque quartier est différent. C'est ce qui fait le charme de cette ville.

Laure n'est pas convaincue par la beauté des lieux, mais elle aime l'ambiance qui s'en dégage. Un mélange de styles chic et bohème. Les jardins au pied de chaque immeuble, le marchand de fruits et légumes sur le trottoir et cette grande avenue presque sans voitures. Seuls les hurlements des ambulances, des pompiers ou de la police lui rappellent où elles se trouvent.

Quelques rues plus loin, la circulation se densifie et le paysage change. Faisant face au *Madison Square Garden*, un temple antique s'élève au-dessus d'une impressionnante volée de marches.

— C'est la poste principale, explique Justine.

— Ils ne seraient pas un tout petit peu mégalos, ces Américains ? demande Laure, amusée.

Sur le trottoir d'en face, les piétons, qui surfent à travers les zones de travaux, sortent de la bouche du métro ou s'y engouffrent. Ils marchent vite, sac sur le dos, gobelet à la main et écouteurs sur les oreilles. Un monde grouillant et solitaire.

— Bienvenue dans le New York que tu aimes, ironise Justine.

— Non, pas vraiment. Là, ça bouge trop.

Elles poursuivent leur déambulation jusqu'à la 42ᵉ, le cœur de *Times Square*, le quartier des théâtres.

Sur cette place, les touristes remplacent les travailleurs et c'est une foule bigarrée qui envahit l'espace. Partout, des attroupements. Ici, un groupe de musiciens déjantés, là, des mimes-acrobates. Ou, là encore, de fausses statues humaines qui s'animent brusquement, effrayant les passants. Tout autour, les immeubles en verre et en acier, et les publicités lumineuses. Une orgie de bruits et de couleurs à couper le souffle.

— Et ça, tu aimes ? demande Justine en souriant.

— J'adore ! C'est vivant. J'ai toujours rêvé d'assister à une comédie musicale à Broadway. Dis-moi que tu en as réservé une, s'il te plait, supplie Laure excitée.

— On ne vient pas à New York si l'on n'assiste pas une comédie musicale, ma chérie !

Laure lui saute au cou :

— Tu es géniale. Je t'aime.

Justine rit de bon cœur. D'habitude, elle est inhibée. Là, elle se sent libre. Personne ne fait attention à elles, et les quelques regards qu'elles croisent sont plutôt bienveillants.

Laissant l'agitation derrière elles, elles se perdent dans des rues, plus calmes, bordées de petites maisons en briques. Encore un autre visage de New York. Sur la 49e, elles tombent sur un bar-jazz en sous-sol.

— On va boire un verre et grignoter un morceau ou tu préfères continuer à marcher ? demande Justine.

— Je veux bien me poser un peu. Je commence à être fatiguée. Il est quand même une heure du matin à notre horloge biologique.

Devant leurs bières, elles discutent du planning des jours à venir.

— Je stresse pour demain, murmure Laure.

Justine lui caresse la main :

— Franchement, il n'y a pas de quoi. C'est ton frère.

— J'ai pourtant l'impression d'aller à la rencontre d'un inconnu.

— Tout se passera bien, j'en suis sûre. Pour le moment, la bière m'a coupé les jambes. On prend un taxi pour rentrer ?

Après une nuit réparatrice, les deux femmes sont réveillées par le *Room Service*. D'un même geste, elles remontent le drap, jusqu'à leur menton.

Impassible, le garçon d'étage les salue en veillant à ne pas croiser leurs regards et s'empresse de refermer la cloison de leur chambre, laissée entr'ouverte, avant de déployer une nappe blanche sur le petit guéridon, et de dresser le petit-déjeuner. Dernière touche, un vase rempli de roses rouges, à la demande de Justine. Puis, il se retire, tout aussi discrètement.

— C'est royal. J'ai faim, s'exclame Laure en mordant goulument dans un croissant. Ils sont presque meilleurs qu'à Paris.

— Normal, le chef est français. En revanche, le café... dit-elle en grimaçant. Je sais que ce n'est pas leur spécialité, mais je croyais que, dans un hôtel de cette catégorie, il serait au moins buvable. Demain, ce sera du thé pour moi !

— Tu exagères. Il n'est pas si mauvais. Il est un peu allongé, c'est tout.

— Oh toi, tu es une adepte invétérée de la machine à café, alors permets-moi de douter de ton niveau de référence.

Laure lui envoie sa serviette à la figure, en riant.

La pièce est inondée de soleil. Les fenêtres à double vitrage sont remarquablement isolantes, ne laissant passer que le sifflement strident des ambulances. La climatisation est silencieuse. Elles sont au frais. Elles sont au calme. Elles sont bien.

Deux heures plus tard, lunettes noires sur le nez et crème solaire sur le visage, elles se retrouvent dans la rue.

— Alors, madame GPS, on va où ? demande Laure.

— Aujourd'hui, on va remonter la 7e jusqu'au *Rockefeller Center,* pour ton rendez-vous. C'est à trente minutes de marche d'ici.

— Trente minutes ? dit-elle en regardant sa montre. On est drôlement en avance !

— Non, parce que je sais comment te déstresser avant ton déjeuner, dit Justine mystérieuse.

— Qu'as-tu inventé encore ?

— Rien. J'ai juste remarqué que *Macy's*, le plus grand magasin du monde, se trouvait sur notre route, et j'ai pensé qu'un peu de shopping te ferait du bien.

— Le plus grand magasin du monde, vraiment ?

— Tu jugeras par toi-même !

— S'il est aussi grand que tu le dis, on n'aura pas assez de temps pour faire du shopping.

— Jamais contente ! Ne t'inquiète pas, on le retrouvera après ton déjeuner.

Le visage de Laure s'illumine d'un merveilleux sourire :

— Toi, je te garde pour tout le séjour.

— Pour tout le séjour seulement ? demande Justine en faisant la moue.

— Je te garde pour la vie. Je t'aime, s'écrie Laure en se jetant dans ses bras devant les grooms amusés.

Les deux femmes se retournent vers eux, pour leur envoyer de légers baisers en guise d'excuse pour leur trop vibrante démonstration.

Oubliant leur devoir de neutralité, ils font de même, et leur souhaitent, en riant, une belle journée.

Arrivées au point de rendez-vous, elles se séparent.

— Je reste dans le quartier, tu m'appelles quand tu veux.

— D'accord, murmure Laure.

Elle saisit son portable, et envoie un message à son frère pour lui préciser à quelle table elle était installée, « au cas où tu ne me reconnaitrais plus ». Puis, elle compose le numéro d'Élodie. Au bout de plusieurs sonneries, une voix ensommeillée lui répond :

— J'espère que tu as une bonne raison pour me réveiller, parce que là, tu vois, je dormais.

— Pardon ma puce ! J'ai oublié le décalage... Je voulais seulement te dire que tout allait bien ici.

— Tant mieux, marmonne la jeune femme avant de couper la communication.

Laure fronce les sourcils, embarrassée. Elle vérifie l'heure sur son portable. Quinze minutes de retard.

— *Hi...* c'est bien ma grande sœur qui est là ?

Le cœur battant, elle lève les yeux sur l'homme qui se trouve devant elle. Une casquette grise vissée sur la tête, une épaisse barbe qui lui mange le visage, et plusieurs kilos en moins. Elle hésite un instant. Il a tellement changé en cinq ans. Il lui sourit et elle retrouve les éclairs d'acier dans ses yeux bleus. Elle se jette dans ses bras :

— Micky ! Je ne t'aurais pas reconnu. Comme tu as maigri ! Tu n'es pas malade, au moins ?

— Non, rassure-toi, tout va bien, répond-il en riant. Une alimentation plus saine, du sport. Tu sais ce que l'on dit, tu n'es pas New-Yorkais si tu ne marches pas.

Il la regarde avec admiration :

— Tu es splendide, sœurette. Tu rajeunis à vue d'œil ! Il faut me donner ton secret.

Le compliment la touche. Voilà, ce n'était pas si terrible, après tout. Ils s'assoient l'un en face de l'autre et prennent la carte.

— *Cesar salad, please*, dit-il au serveur qui se tourne vers Laure.

— Pareil, merci.

Le serveur note avant de demander :

— *Do you want additional chicken?*

— Qu'est-ce qu'il dit ?

— Il demande si tu veux du poulet dans ta salade.

— Parce qu'il n'y en a pas ?

— Eh non ! Bienvenue à New York, répond-il avec un clin d'œil.

Laure accepte, en grognant « la salade César sans poulet, ce n'est plus de la salade César ». Michael décline l'offre.

— Alors, raconte un peu. Je ne vois plus d'articles dans le *NY mag*. Tu as changé de journal ?

— Oui. J'ai été viré il y a quatre ans. Aux *states*, quel que soit ton talent, tu es sur un siège éjectable. Je fais des piges en *freelance* pour plusieurs magazines. Ça me plait bien.

— Et tu t'en sors ?

— Je ne me plains pas. J'habite à Brooklyn, maintenant. Les loyers à Manhattan sont hors de prix.

Laure est surprise. Aux dernières nouvelles, il travaillait avec un *super* patron, une équipe *formidable*, et il vivait dans un loft au cœur de Manhattan. Tout était si *amazing*. Avait-il menti ou le rêve américain avait-il viré au cauchemar ?

— Raconte-moi, toi, la famille. Comment va maman ?

— Je l'ai placée dans un EHPAD, l'année dernière. Ça devenait trop lourd à gérer. Elle ne pouvait plus rester seule.

Michael détourne son regard, gêné.

— Ne t'inquiète pas, papa lui paie un palace. Elle va bien. Elle est juste... déconnectée de la réalité. Tu peux rentrer maintenant.

— Ne recommence pas, s'il te plait.

Un silence. Il reprend :

— Et ma nièce ? Comment va-t-elle ?

— Très bien. Elle travaille à la banque, elle aussi, dit Laure en riant.

— Décidément, ce n'est plus la Banque de Paris, c'est la banque des Caillaud. Je la croyais fâchée avec les chiffres.

— Elle est au service communication. Ça lui plait beaucoup.

— Et ce cher Jérôme ? Tu ne parlais pas de lui dans ton message. Tu es venue seule ?

Laure essaie de calmer sa respiration avant de répondre :

— Nous avons divorcé.

— Divorcé ? Pourquoi ? Il t'a trompée ?

— Non... c'est moi.

— Toi ? Tu disais que tu ne ferais pas comme ton père...

Laure se raidit :

— Ça n'a rien à voir ! J'ai retrouvé quelqu'un que je n'avais pas vu depuis trente ans, et j'ai décidé de ne plus me mentir.

— Waouh ! C'est très romantique ! Et qui est donc cet heureux élu ? Vais-je avoir l'honneur de le rencontrer ?

— Ce n'est pas le, mais la...

— Pardon ?

— Tu as bien entendu. J'ai divorcé pour une femme, et elle s'appelle Justine.

La fourchette en l'air, la bouche entrouverte, il essaie de comprendre. Laure ne le quitte pas des yeux. Elle guette sa réaction.

— Dingue !

— Tu es choqué ? demande-t-elle, anxieuse.

— Choqué, non… étonné, forcément ! Je ne m'y attendais pas du tout. Et le vieux ? Il le sait ? Il a pris cela comment ?

Le visage de Laure se ferme :

— Quand je le lui ai dit, il m'a hurlé dessus en me traitant de tous les noms. C'était très violent. Et humiliant. Je n'ai plus de nouvelles de lui depuis quatre ans.

— J'aurais tellement aimé voir sa tête, siffle-t-il en serrant les poings.

Puis se radoucissant :

— Donc, vous êtes ensemble depuis quatre ans ? D'où sort-elle, cette femme qui t'a fait virer de bord ? Comment vous êtes-vous rencontrées ?

— Cinq ans, exactement. J'ai attendu de mettre de l'ordre dans ma vie avant d'avertir papa. Justine et moi, nous étions dans la même promo à l'ISC. À la fin de la dernière soirée, on... on a couché ensemble.

— Toi ? Avec une femme ? reprend-il en riant de la gêne de sa sœur.

— On avait bu. C'était un... faux pas. On s'était juré de ne plus se revoir. Et puis, le hasard a fait que...

— Le hasard n'existe pas.

— Tu as sûrement raison. Justine est la propriétaire d'un restaurant à la mode où Jérôme nous a invités pour mon quarante-cinquième anniversaire. Nous sommes tombées dans les bras, l'une de l'autre. Et nous ne nous sommes plus quittées. Je n'ai aucun regret, même si cela n'est pas toujours simple à gérer.

— Alors, c'est grâce à ton mari que vous êtes ensemble ? Oh, le pauvre, dit Michael en riant de bon cœur.

— Notre histoire était en train de se terminer. On ne partageait plus rien. D'ailleurs, peu de temps après notre divorce, il s'est mis en ménage avec une gamine, plus proche de l'âge d'Élodie que du mien.

— Je ne l'ai jamais apprécié, ton Jérôme. Flambeur, macho, il est tout ce que je déteste. Je me suis toujours demandé pourquoi tu restais avec lui.

— Je faisais ma vie de mon côté, moi aussi. «Petits arrangements entre amis», pour ainsi dire.

— Comme nos parents, répond-il avec une moue de mépris. Je suis heureux de m'être éloigné de tout cela.

Il regarde autour de lui.

— Elle est là ?

— Qui ? Justine ? Elle est à New York, oui, mais pas ici. Je te la présenterai, si tu veux. Allez, à toi maintenant. Raconte-moi tout.

Il se remet à manger.

— Moi, c'est un peu compliqué.

— Ne me dis pas que tu es *gay*, toi aussi !

— Non, je ne suis pas *gay*. Mais j'aurais bien aimé l'être, rien que pour emmerder papa.

Petit dernier, Michael avait été couvé par sa mère. Ce qui agaçait prodigieusement leur père qui sifflait d'un ton méprisant : « Tu vas nous en faire une tapette ».

— C'est vrai que, de nous deux, la honte devait forcément venir de toi, dit Laure en se moquant. Alors, qu'as-tu fait de pire, pour le contrarier ?

Redevenu sérieux, il se racle la gorge :

— Je me suis converti.

Laure marque un temps d'arrêt. Elle scrute le visage de son frère pour y déceler son fameux clin d'œil, mais il la regarde droit dans les yeux, sans ciller. Elle bafouille :

— Converti ? Mais à quoi ?

Il retire sa casquette. Sur son crâne, elle voit un morceau de tissu noir. Une kippa.

— Juif, toi ? Tu ne crois même pas en Dieu !

La religion avait toujours été un sujet de discorde entre lui et leurs parents, qui se définissaient comme des catholiques modérés. Ils allaient à la messe à Pâques, aux Rameaux et à Noël. Au fil des années, lors des repas de famille, leurs discussions finissaient en disputes. Il se disait anarchiste. « Ni Dieu ni Maitre », clamait-il en quittant la table et la maison.

— Et je suis marié. Ma femme s'appelle Sabrina, et nous avons une fille, Shira.

Laure laisse tomber sa fourchette. Sa bouche s'ouvre et se referme comme si elle manquait d'air.

— Enfin... Pourquoi ne m'as-tu rien dit ?

— La dernière fois que nous avons communiqué, tu étais furieuse que je refuse de m'occuper de maman. Et tu as coupé les ponts. Si tu n'avais pas pris contact avec moi, tu ne l'aurais pas su.

Laure n'en revient pas. Son frère, marié et père de famille. Et juif. « Ce n'est donc plus un océan qui nous sépare, c'est la mer Rouge », pense-t-elle en souriant intérieurement.

— Shira, c'est très joli.

— Shira, et Claire, comme maman, ajoute-t-il.

Laure lui tend une main qu'il serre très fort.

— Je suis heureuse pour toi, frérot. Juif, protestant, mormon, je m'en fous, si tu es heureux. Tu as des photos de ma nièce ? À moins que vous n'ayez pas le droit aux photos ?

—— Nous sommes des juifs orthodoxes, pas des hassidim.

—— Hassi... quoi ? Tu me parles chinois, là, dit-elle en éclatant de rire.

—— En l'occurrence, c'est de l'hébreu. Les orthodoxes sont plus modérés que les hassidim.

—— Modérés, modérés... ils t'ont quand même obligé à te convertir, rectifie Laure.

—— Personne ne m'a obligé à quoi que ce soit. Je l'ai fait de mon propre chef. Mon père m'a renié parce que je refusais de m'aligner sur ses pas. À force d'être humiliée et salie, notre mère a perdu la raison et nous a chassés de sa mémoire. Il ne me restait que toi, mais tu as préféré m'exclure de ta vie plutôt que de me comprendre. J'étais seul ici, et sans Sabrina, je ne serais peut-être plus de ce monde. Avec elle, j'ai retrouvé une famille. Et je me suis reconstruit.

Laure baisse les yeux. Il a raison. La dernière fois qu'ils s'étaient parlé, elle n'avait pensé qu'à la charge de plus en plus lourde qu'était devenue sa mère. Elle ne lui avait même pas demandé de ses nouvelles. Devant son refus d'obtempérer, elle lui avait raccroché au nez, et l'avait rayé de sa vie. Aussi violemment que son père l'avait fait avec elle.

Un silence gêné s'est installé entre eux. Elle lui sourit timidement.

— Je te demande pardon. Je... je ne vaux pas mieux que papa.

— Ne dis pas n'importe quoi. On commet tous des erreurs. L'essentiel est de s'en apercevoir et surtout de s'en repentir. On croit être libre de ses choix, mais on ne fait que suivre des voies dessinées d'avance. Si je ne m'étais pas disputé avec papa, et avec toi, si je n'avais pas fui... rien ne se serait passé, ajoute-t-il en lui serrant la main, avec une étrange ferveur.

— Tu me fais peur avec tes *prêchi-prêcha*. Tu n'es pas devenu rabbin, au moins ? demande Laure, un peu inquiète.

— Non, je suis seulement devenu sage, lui répond-il en lui faisant un clin d'œil.

— Parle-moi de Sabrina. Je veux tout savoir. Ensuite, je te dirai si je valide. Après tout, je suis ta seule famille. J'ai bien le droit de jouer à la mère juive, tout de même !

— Elle est journaliste, comme moi. Nous nous sommes rencontrés sur un événement que nous couvrions tous les deux pour nos magazines. Je l'ai aimée au premier regard. Mais tu me connais, je n'ai jamais su y faire avec les filles. Je n'ai pas osé l'aborder. Je me contentais de la croiser dans le cadre du boulot. Je me disais que je ne pouvais pas l'intéresser. Une femme si belle et si... jeune.

— Jeune ? Jeune comment ?

— Elle a dix ans de moins que moi.

— Ah quand même, dix ans ! Tu vois que tu tiens de ton père... Hum, pardon, blague de mauvais goût, oublie...

— Pour finir, au moment où j'allais renoncer, c'est elle qui s'est déclarée.

— Cours après l'amour, il te fuit, fuis l'amour, il te court après...

— Voilà. Elle m'a avoué qu'elle aussi m'aimait depuis le premier jour, mais qu'elle ne voulait pas me donner de faux espoirs, parce qu'elle était juive, et qu'elle n'avait pas le droit de sortir avec un *goy*. Ça signifie non juif, précise-t-il.

— Oui, je sais... Alors ?

— Je lui ai répondu que j'étais sans religion et que j'étais prêt à adopter la sienne.

— Tu exagères. Tu es catholique. Tu es baptisé et tu as fait ta communion.

— Je l'étais. Contraint et forcé. Elle voulait me présenter à ses parents et elle m'a proposé de passer un shabbat chez elle.

— Vous ne sortiez même pas ensemble !

— Nous nous étions avoué nos sentiments, dit-il humblement.

— Oh, comme c'est mignon, plaisante Laure.

— Ils m'ont très bien accueilli. Il y avait aussi ses trois sœurs, plus jeunes qu'elle. C'était une vraie famille. Des gens souriants, qui se respectaient. Et qui s'aimaient. Tout ce qui me manquait.

— Et hop, tu as décidé de te convertir, réplique-t-elle, un peu sarcastique.

— Une conversion, c'est compliqué. Moshe, le père de Sabrina, m'a aidé. Ça m'a pris deux ans. Et me voilà. Aaron, Michael Caillaud.

— Parce qu'en plus, ils ont changé ton prénom ?

— Encore une fois, personne n'agit à ma place. Je suis le seul à décider. J'ai juste ajouté un prénom juif au mien. Rien de dramatique.

— Je suppose que pendant deux ans, vous vous êtes contentés de vous avouer vos sentiments, comme tu dis. Pas de *boogie-woogie*, donc ?

— Non, *pas de boogie-woogie,* répond-il en lui faisant une grimace. Mais je te rassure, nous nous sommes bien rattrapés depuis.

Elle le regarde, dubitative, puis elle baisse les yeux vers le bas de la table.

— Et... ça ? Ils te l'ont coupé aussi ?

Il éclate de rire en comprenant le sens de la question.

— Oui, je suis circoncis. Évidemment !

— C'est dingue que tu aies accepté. C'est quand même une... mutilation, dit Laure un peu contrariée.

— Regarde-moi bien, sœurette. Est-ce que j'ai l'air mutilé ?

Laure reste sceptique, mais son frère a raison. De quel droit le juge-t-elle ? Il semble tellement plus épanoui qu'avant. Il sort son portable et fait défiler les photos pour en trouver une de sa femme et de sa fille.

— Je te présente Sabrina et Shira, dit-il en tendant l'écran à sa sœur.

Elle scrute les visages et zoome sur celui de l'enfant.

— Elle te ressemble, c'est incroyable. Enfin, à part la barbe, ajoute-t-elle en riant. Et ses yeux ont la couleur familiale. Beau travail, petit frère. Ton père peut être fier de toi.

Il éclate d'un rire amer.

— Ça m'étonnerait. Mais je m'en fous totalement parce que je suis très fier de ma famille. Il voulait que je lui ressemble, et il a failli me briser.

Pourtant, ce n'est pas pour cela que je le hais. Je le hais surtout pour tout ce qu'il a fait à maman.

Ses traits se durcissent. Il serre son poing. Il poursuit, plein de hargne :

— Toi, tu es partie à dix-huit ans. Tu ne t'es jamais demandé comment c'était à la maison sans toi. Ils se disputaient, tous les soirs. Il ne se cachait même plus pour la tromper. Je l'entendais pleurer dans sa chambre. Jusqu'à...

— Jusqu'à ?

— C'était le jour des résultats du bac. J'étais heureux d'annoncer la bonne nouvelle à maman. Quand je suis rentré, tout était silencieux. Je l'ai cherchée. Et je l'ai trouvée. Elle était allongée. Des boites de médicaments, vides, à côté d'elle.

— Tu ne m'as jamais rien dit. Pourquoi ?

Michael continue son récit, sans répondre. Les mâchoires serrées.

— J'ai téléphoné à papa. Il a appelé les pompiers, et il est venu. J'étais tétanisé. J'essayais de la réveiller, je la tenais dans mes bras. Et j'ai vu la lettre, sous le lit.

— La lettre ? De quelle lettre parles-tu ?

— Une lettre anonyme. Une femme. Elle écrivait qu'elle avait été la maitresse de papa. Elle avait eu un enfant qu'il avait refusé de reconnaitre. Il y avait aussi une photo. Un bébé avec de grands yeux bleus. Le portrait de notre enfoiré de père. J'ai récupéré l'enveloppe et je l'ai cachée. Quand maman a recouvré ses esprits, elle s'est murée dans le silence.

— Alors, son séjour à l'HP, c'était ça ? Ce n'était donc pas une simple dépression !

— Quand elle est rentrée, la vie a repris son cours et j'ai pensé qu'elle avait oublié. Tu sais bien ce que l'on dit : ce que l'on n'exprime pas n'existe pas. Je n'avais que dix-huit ans.

— Je savais pour l'enfant, mais j'ignorais qu'elle l'avait appris de cette façon. Qu'as-tu fait de la lettre et de la photo ?

— J'ai tout brûlé.

— Je suis tellement désolée de n'avoir pas été à tes côtés.

— Je ne supportais plus papa. Ses certitudes, son mépris. C'est surtout à cause de cela que je suis parti. Et que je ne suis plus revenu. Ma famille est ici, désormais.

Il avait gardé les poings fermés pendant tout son récit. Ses épaules s'étaient affaissées sous le poids de sa colère. Mais à l'évocation de sa renaissance, il s'était redressé, ses beaux yeux bleus noyés de larmes. *Des yeux piscine*, comme elle lui disait quand il était petit et qu'il pleurait.

Il prend une grande inspiration et sourit :

— C'est du passé, n'en parlons plus. À toi maintenant. Montre-moi ta... enfin, ton amie. Et surtout, ma nièce.

À son tour, Laure fouille dans sa galerie de photos. Elle commence par Justine. Il la regarde, étonné.

— Ah, elle est...

— Elle est métisse, oui et alors ? s'exclame Laure.

— Non, rien, je ne m'y attendais pas, c'est tout. Elle est très belle. Beaucoup de classe.

— Je suis d'accord avec toi. J'ai enfin trouvé mon âme sœur.

— Tant mieux.

Soudain, sans raison apparente, il éclate de rire :

— J'essaie de visualiser la tête de papa quand tu lui as annoncé pour Justine. Une femme noire. J'aurais tellement aimé le voir se décomposer. Tu ne peux pas imaginer quel plaisir ça me fait, lui qui nous a toujours gonflés avec sa morale et ses principes.

— Calme-toi, j'ai compris. Allez, je te montre Élodie.

Elle lui présente une photo sur laquelle Élodie pose au bras de Paul.

— La voilà, ta nièce.

Il la détaille de la tête aux pieds. Elle était très jeune lorsqu'il est parti. Découvrir la femme qu'elle est devenue le rend triste.

— J'ai raté tant de choses. Elle est magnifique ! C'est son petit ami, à côté d'elle ?

— C'est Paul, le fils d'Isabelle, mon amie d'enfance. Tu te souviens d'elle ? On était toujours fourrées ensemble quand on était à Angers. C'est Élo qui l'a retrouvée pour me faire une surprise.

— Isabelle ? Oui, bien sûr ! Ça a dû vous faire plaisir de vous revoir !

— Moi, oui. Elle, je n'en suis pas sûre. Elle n'a plus donné signe de vie depuis l'anniversaire.

— Ce n'est pas simple de rattraper le passé... Trente ans, c'est cela ?

— Trente-deux exactement. On s'est perdues de vue lorsque je suis partie à Paris.

— Et donc, ce beau jeune homme, c'est son fils ?

— Oui, il doit tenir de son père, car il ne lui ressemble pas du tout.

— Je ne me souviens plus de sa tête. Tu as une photo d'elle ?

— Non, elle est restée sur une chaise, toute la soirée. Enfin, toute la soirée, c'est beaucoup dire, parce qu'elle a disparu à vingt-trois heures.

Michael fait un zoom sur le visage de Paul, puis sur celui d'Élodie.

— C'est hallucinant comme ils se ressemblent ces deux-là !

Laure sourit, en reprenant son portable :

— Tu as remarqué aussi ? Il parait qu'on a tous un sosie quelque part sur la terre. Eux, ils se sont trouvés.

— Ils sortent ensemble ?

— Non. Ils se textotent.

— Textotent ?

— Ils communiquent par SMS, si tu préfères.

— Il ne veut pas d'elle ? Il ne la trouve pas assez jolie, peut-être ?

— Je crois plutôt que c'est elle qui bloque. Ta nièce doit être un peu juive, elle aussi. Inconsciemment.

Il rit de bon cœur. Sa sœur a toujours eu le sens de la répartie. Un peu juive inconsciemment, où va-t-elle chercher cela ? Il consulte sa montre :

— Il se fait tard. Je dois récupérer Shira au centre communautaire, dit-il en hélant le serveur pour régler l'addition.

— C'est passé si vite. Je ne veux pas te quitter, implore-t-elle en se blottissant contre lui.

— Moi non plus. Je suis désolé de ne pas pouvoir rester plus longtemps, et surtout de ne pas pouvoir rencontrer ton amie. J'ai une semaine très chargée. Mais je promets de réfléchir à ta proposition de venir à Paris.

Laure lève des yeux pleins d'espoir :

— C'est vrai ? Dis-moi quand tu veux venir et je t'offre ton billet.

— Je peux me l'offrir tout seul, tu sais.

— Ça fait dix ans que je ne t'ai plus fait de cadeaux, alors, je t'offre ton billet, ce n'est pas négociable.

— D'accord, d'accord, j'abandonne. Mais attention, tu ressembles à papa, à vouloir tout payer.

Laure lui donne un coup de poing sur la poitrine, avant de se serrer de nouveau contre lui.

— Prends soin de toi, petit frère.

— Oui, ne t'en fais pas. J'ai une femme qui veille sur moi. Pareil pour toi, lui chuchote-t-il doucement.

— Moi aussi, j'ai une femme qui veille sur moi.

Isabelle reprend goût à la vie. Son fils a promis de venir la voir. Tout va recommencer. Soudain, son visage s'assombrit. Non, rien ne peut plus être comme avant.

À cause de cette fille.

Le docteur Chavel a raison. Si elle ne peut pas parler, elle doit écrire. Écrire pour expurger son corps de tous ces secrets enfouis sous des années de silence. Écrire pour protéger son fils.

Une tasse de thé fumant à la main, elle se poste à la fenêtre de son bureau qui donne sur la rue et sur le cabinet. La voiture du médecin est garée devant son entrée. Une présence familière et rassurante. La lumière du soir pénètre dans cette pièce qu'elle a désertée depuis plus de six mois.

Lorsqu'elle était en activité, elle aimait s'installer ici, après sa journée de travail. Pour finir ce qu'elle n'avait pas eu le temps de faire à l'agence, préparer un rendez-vous client, compléter un dossier, ou répondre, à tête reposée, à son courrier professionnel. Puis, vers vingt-deux heures, trois fois par semaine, elle éteignait tout, prenait son cabas et traversait la rue pour dîner avec le docteur.

Des rituels, aujourd'hui si lointains.

Elle allume son ordinateur.

Une page blanche s'affiche devant elle. Voilà, elle y est.

Mon fils,
~~Je crois que le moment est venu de t'avouer le secret de ta naissance.~~

Non, elle ne peut pas commencer par là. Elle doit d'abord lui raconter sa vie à Angers, avec ses parents, avec Laure et sa famille. Comment pourrait-il la comprendre sans savoir tout cela ?

Je ne t'ai jamais parlé de moi. J'avais peur de t'ennuyer avec mon passé. Mais aujourd'hui, j'y suis obligée.
Mes parents étaient des enfants d'agriculteurs qui voulaient vivre à la ville. Ils travaillaient à l'usine. Ma naissance n'était pas prévue. J'étais un accident, comme ils disaient.

Au mois de mai 1968, leur entreprise a fermé ses portes. Ils allaient aux manifestations, aux assemblées générales, au café. Ils m'emmenaient partout. Ils n'avaient pas le choix.

Après les grèves, ils ont été licenciés. Tous les deux. Ma mère a trouvé un emploi de femme de ménage. Tôt le matin et tard le soir. Mon père a eu plus de chance, il a été embauché, comme homme d'entretien, à l'Arborétum, à côté de chez nous. Il était heureux, il retrouvait la nature. Ils ne se voyaient presque plus. Et puis, ma mère s'est mise à boire.

Isabelle grimace. Ce n'est pas une lettre qu'elle est en train d'écrire, c'est une version moderne des *Misérables.*

Son cœur se serre. Son fils a passé trente ans sans connaitre la vérité. À quoi bon réveiller tout cela ? Elle ferme les yeux, et le visage d'Élodie apparait, superposé à celui de Paul.

Elle doit continuer.

Laure et moi, nous nous sommes connues en primaire.

Nous habitions dans le même quartier. Moi, dans la cité et elle, dans la zone pavillonnaire. Ses parents étaient plus riches que les miens. Plus cultivés aussi. Plus aimants. C'étaient de vrais parents. Je l'enviais. Elle avait tout ce que je n'avais pas.

Elle se met à trembler. Ses doigts se crispent. Ses yeux se troublent. Elle s'éloigne de l'écran, pliée en deux sur sa chaise, la tête en bas, les bras croisés sur son ventre. Encore une crise de panique.

Lentement, elle se redresse en inspirant et soufflant, desserre ses bras et masse ses mains raidies. Dans son crâne retentissent de violents coups de marteau.

Par la fenêtre, elle voit la lumière du cabinet. Un phare dans une mer déchainée. À pas glissants, comme un robot, elle traverse la rue.

Lorsque la porte s'ouvre, il sait que c'est elle, et l'accueille d'un joyeux « j'étais sur le point de partir, vous avez de la chance ! »

Il la regarde. Elle est d'une pâleur inquiétante. Malgré la douceur du soir, elle grelotte. En deux enjambées, il la rejoint et la soutient par le bras.

— Que se passe-t-il ?

Elle lève sur lui des yeux apeurés, sans arriver à parler.

— Encore une de ces maudites crises... Vous avez pris quelque chose ?

— Non, non. Je vous le promets. C'est juste que...

Il la fait asseoir et lui masse doucement les épaules et le cou. Au bout de longues minutes, elle sent ses muscles se relâcher. Sa respiration se fait plus régulière. Elle aime la chaleur de ses mains. Il a toujours su l'apaiser.

Elle sait qu'il ne la considère pas seulement comme une patiente. Elle le voit dans ses yeux lorsqu'ils dinent en tête à tête. Elle l'entend au son rauque de sa voix, quand elle le raccompagne jusqu'à sa voiture. Des signes qu'elle garde dans son cœur pour réchauffer ses nuits. Et qui lui suffisent.

— Paul va venir. Il me l'a promis, murmure-t-elle.

— Eh bien, c'est plutôt une bonne nouvelle.

— Oui...

— Mais... Il y a forcément un mais, sinon vous ne seriez pas dans cet état.

— J'ai voulu écrire.

— Bravo !

— Non, pas bravo. Les diables sont revenus. Ils sont sortis de mon ordinateur. Ils dansaient autour de moi. Je n'en peux plus, s'il vous plait, aidez-moi !

Elle se lève, s'agite de nouveau. Il la prend dans ses bras. Elle se laisse bercer en sanglotant, et se blottit contre lui. Il lui caresse les cheveux en silence. Elle ferme les yeux.

— Ce n'était peut-être pas une si bonne idée, après tout, chuchote-t-il à son oreille. Racontez-moi. Je n'en peux plus de vous voir souffrir comme cela. Je ne peux pas vous aider si vous ne me dites rien. Faites-moi confiance, je vous en prie.

Elle termine sa confession dans un sanglot. Il lui donne un dernier mouchoir et lui laisse le temps de se calmer. Elle chuchote :

— J'ai tellement honte de moi.

Il se rapproche d'elle et lui prend les mains.

— Écoutez-moi bien. Vous étiez une gamine. Si quelqu'un doit avoir honte, c'est celui qui vous a mise enceinte.

— J'ai trompé tout le monde. Sa femme, qui m'aimait bien. Ses enfants. Il ne m'a pas forcée. Tout est ma faute.

— Arrêtez de vous faire des reproches. C'était le père que vous n'aviez pas.

— J'ai couché avec lui ! crie-t-elle avant de se remettre à pleurer.

Elle arrache ses mains de celles du médecin et tord ses doigts nerveusement, enfonçant ses ongles dans sa chair. Il la bloque avec fermeté.

— Ça ne sert à rien de vous torturer. Vous n'effacerez pas le passé.

Il se lève et fouille dans son armoire. Il prend un verre d'eau et lui tend un médicament :

— Buvez. Ça va vous calmer. Encore une fois, vous n'avez tué personne.

— Je ne me suis pas contentée de coucher avec lui, j'ai voulu garder ce bébé. Contre son avis. Et quand il m'a quittée, je me suis vengée sur sa femme. Je suis une... une...

— Chut... N'allez pas plus loin. Vous étiez jeune, et vous étiez amoureuse. S'il y a un fautif dans l'histoire, c'est lui. L'adulte soi-disant responsable.

— Ça fait trente ans que je porte ce secret. Pourquoi faut-il qu'il m'explose en pleine figure, maintenant ? Je ne veux pas perdre Paul.

— Calmez-vous. Vous avez fait de votre mieux pour le protéger. Le passé vous rattrape, mais vous n'êtes plus seule. Je suis là et je vais vous aider.

— Je ne veux pas perdre mon fils, gémit-elle.

— Vous n'allez pas le perdre. Il est intelligent, il finira par comprendre.

— Et si c'était déjà trop tard ? Et s'ils avaient déjà... ? Jamais je ne me le pardonnerais, crie-t-elle, le regard fou.

— Doucement ! On va trouver une solution. Mais pas ce soir. Il est presque minuit, je suis fatigué.

— Je suis désolée, Pierre, bafouille-t-elle en se levant précipitamment.

Le médecin la tire par le bras et la retourne vers lui.

— Cessez de vous excuser. Merci de m'avoir fait confiance. Pleurez si vous en avez besoin. Mais surtout, ne vous faites plus de mal.

— Je ne veux pas perdre mon fils, répète-t-elle obstinément.

— Aujourd'hui, c'est en vous taisant que vous risquez de le perdre.

Une serviette nouée autour des hanches, Paul finit de se raser en chantonnant

Sa dernière prestation a enthousiasmé la direction qui lui a promis un changement à court terme. Et comme les bonnes nouvelles arrivent souvent groupées, Élodie l'invite à rencontrer sa grand-mère, dans son EHPAD de luxe, à Neuilly sur Seine. La jeune fille est persuadée qu'un mystère entoure la vie d'Isabelle, et que Claire peut être le maillon manquant pour découvrir la vérité.

Paul la laisse s'enflammer, en riant sous cape. Elle ne connait pas sa mère. Quel secret cette pauvre femme pourrait-elle bien cacher ? À part, évidemment, l'origine de cette grossesse non désirée, qui reste SA grande affaire.

Certes, il y a des incohérences dans son parcours. Comme cette curieuse cohabitation avec la famille Caillaud, au sein de la BNP. Mais il compte bien avoir des explications sur ce point, puisqu'il l'emmène déjeuner le lendemain, après plus d'un mois d'absence.

À quatorze heures précises, Paul gare sa voiture sur le parking et pénètre dans la résidence.

Une large allée, bordée de saules, mène à une esplanade entourée de bosquets, d'un jardin d'hiver et de trois bâtiments en U.

Ce n'est pas une maison de retraite, c'est un château. Le grand-père d'Élodie doit avoir bien mauvaise conscience pour offrir un tel luxe à son ex-épouse, se dit-il en arrivant sur le perron.

Un bouquet de fleurs à la main, il pénètre dans le hall. À l'accueil, une hôtesse lui tend un registre pour qu'il s'inscrive, et le dirige vers le salon où « ces dames l'attendent ».

Le lieu est cossu, mais désert. C'est l'heure de la sieste. Le silence est impressionnant.

Élodie l'aperçoit et se précipite à sa rencontre. Elle est encore plus belle que dans son souvenir. Elle dépose un léger baiser au coin de sa bouche, et lui prend la main :

— Je suis tellement contente que tu sois là. Mamie est en forme. J'espère qu'elle acceptera de parler de ta maman.

Main dans la main, ils se dirigent vers une femme qui fixe le mur, en souriant aux anges.

Caché derrière son bouquet, il observe la scène. Élodie s'accroupit devant elle, et lui caresse doucement le bras, pour capter son attention.

— Mamie, je te présente Paul, l'ami dont je t'ai parlé.

Il la découvre avec surprise. Il s'attendait à une vieille dame démente, et il se trouve en face d'une femme encore jeune, maquillée et coiffée avec soin, très élégante dans un tailleur Chanel.

Lentement, elle tourne la tête pour sourire à sa petite-fille qu'elle semble voir pour la première fois. Le regard accroché au sien, celle-ci fait entrer Paul dans son champ de vision.

Aussitôt, ses traits se tendent. Sa bouche se tord dans un cri sans bruit. Secouée de spasmes nerveux, elle se met à trembler. En quelques secondes, cette femme si belle se transforme en une créature effrayante que le jeune homme ne peut s'empêcher de comparer au célèbre tableau, *le Cri* de Munch.

Élodie, habituée à ces crises, tente de la rassurer, en lui parlant doucement.

— Calme-toi, tout va bien. C'est un ami.

Toujours muette, elle se débat avec force contre des ennemis invisibles. Ses yeux, d'un noir profond, sont exorbités et restent fixés sur Paul, à deux doigts de s'enfuir. Élodie, impuissante, se penche vers le fauteuil et appuie sur un bouton.

Aussitôt, comme s'ils suivaient la scène sur des écrans de surveillance, deux infirmiers arrivent en courant. Aucun bruit, aucun avertissement. Un contrôle absolu de la situation. Tandis que l'un d'eux la maintient assise, l'autre lui injecte un sédatif dans la cuisse. Élodie s'écarte pour ne pas les gêner. De grosses larmes roulent sur ses joues. Elle se blottit contre Paul qui la prend maladroitement dans ses bras.

De longues minutes plus tard, les spasmes diminuent, puis disparaissent. Les deux hommes relâchent la pression, et toujours prévenants, ils expliquent à leur patiente qu'ils vont la ramener dans sa chambre, pour qu'elle se repose.

La crise terminée, elle redevient docile et douce. Seule, la lumière de ses yeux reste éteinte.

Aidée par ses gardes du corps, elle se relève, vacillante. Élodie fait un pas vers elle, mais ils la repoussent fermement. Elle cache son visage dans l'épaule de son ami, en étouffant une plainte.

En passant devant eux, la grand-mère aperçoit les fleurs que Paul tient toujours. Elle s'arrête et tend les mains vers lui :

— Jean-Paul... comme c'est gentil.

Hésitant, Paul lui offre le bouquet qu'elle plaque sur son cœur. Dodelinant de la tête et trainant les pieds, elle se dirige vers sa chambre, fermement maintenue par les deux soignants.

— Je suis désolé, murmure le jeune homme. J'ai l'impression d'être responsable de ce qui vient de se passer.

— Ma grand-mère souffre d'un Alzheimer avancé et ces crises sont fréquentes, sinon, elle ne serait pas ici. Le plus terrible, c'est que cela pourrait bien être héréditaire. Je préfèrerais mourir plutôt que finir comme elle.

Les deux amis rejoignent leurs véhicules, à pas lents.

— C'est une maladie vicieuse. Les personnes qui en souffrent peuvent se comporter normalement pendant des semaines, et d'un coup, elles se mettent à dérailler. Comme si les fils du cerveau se touchaient et provoquaient un court-circuit.

— Mais là, elle était calme. C'est en me voyant qu'elle est partie en vrille, insiste Paul.

— C'est parce qu'elle t'a confondu avec papi.

— Jean-Paul, c'est ton grand-père ? Est-ce que je lui ressemble ?

— En y réfléchissant bien, j'avoue que c'est assez frappant, répond Élodie, des éclairs de malice dans les yeux.

— Tu as une photo ?

Elle cherche dans sa galerie et lui présente son grand-père. Un homme d'une belle prestance, au sourire carnassier, aux cheveux blancs et aux yeux acier.

— Si c'est la beauté, et la couleur des yeux que nous avons en commun, je suis d'accord, dit-il en riant. Pour le reste...

— Là, il a les cheveux blancs, mais quand il était jeune, je t'assure, c'est tout toi. Les yeux, la bouche et surtout la coupe de cheveux, dit-elle en le décoiffant gentiment.

— Tu me fais flipper.

— Je plaisante, pardon. Arrête de te faire des films. Tu sais, moi, elle me confond avec sa mère, ou avec la mienne. Toi, avec tes fleurs, tu as dû lui rappeler papi, au temps où ils étaient amoureux, se moque-t-elle en l'imitant, timide, avec son bouquet.

Ils rient de bon cœur.

— J'avoue, j'étais ridicule.

Puis, retrouvant son sérieux :

— Elle est drôlement jeune. Et si belle. Je ne m'y attendais pas.

— Elle a soixante-quinze ans, comme mon grand-père. Alzheimer précoce.

— Et tu crois qu'on pourra réessayer... une autre fois ?

— Ça m'étonnerait. Chaque crise la plonge un peu plus dans le néant. C'est terrible de voir mourir quelqu'un qu'on aime, tant de fois avant sa mort.

Elle se blottit contre lui. Il l'enlace avec tendresse, et lui relève la tête pour l'embrasser. Elle détourne son visage.

— Non.

— Pourquoi ?

— Je t'aime beaucoup, mais... je n'ai pas envie d'aller plus loin.

— Pourtant, je n'ai pas rêvé, nous nous sommes presque embrassés, à la fin de la soirée. Et tout à l'heure, j'ai senti les mêmes vibrations de ton corps, souffle-t-il en la serrant un peu plus fort contre lui.

Élodie se raidit :

— Qu'est-ce que tu ne comprends pas quand je te dis non ? crie-t-elle, en colère.

Paul, étonné par sa violente réaction, lui prend la main.

— Pardon, je suis vraiment un imbécile. Viens-là, je te promets que ça ne se reproduira plus. Restons amis, ça me va très bien.

La jeune femme se laisse faire.

— Je suis un peu à cran avec tout cela. Ce n'est pas contre toi. Au contraire, tu me plais beaucoup. Mais je ne peux pas. Pour le moment, je ne peux pas, dit-elle en frappant du poing sur la poitrine de Paul.

— Calme-toi. Je comprends. Ou plutôt non, je ne comprends pas, mais ce n'est pas important. On reprend tout à zéro. S'il te plait, ne me rejette pas.

— Je n'en ai aucune envie, répond-elle, avec un sourire timide.

Puis, en s'éclaircissant la voix :

— Pour ce qui est de ma grand-mère, je crois qu'on ne pourra plus rien obtenir d'elle. À présent, il nous reste deux personnes capables de nous aider : ta mère et mon grand-père.

— Ma mère ? Elle n'a pas parlé en trente ans, ça m'étonnerait qu'elle le fasse maintenant. Je l'emmène au restaurant demain midi, et je compte bien lui poser quelques questions. Il faut aussi que je lui annonce pour ta mère. Ça risque de faire des étincelles.

— Veux-tu que je vienne avec toi ?

— Je t'invite quand tu veux, mais pas demain. Ne t'inquiète pas, je te raconterai tout. Et si je trouve un cadavre planqué dans son placard, promis, je t'appelle au secours, plaisante Paul.

— Moque-toi, moque-toi ! Je suis sûre que tu es loin d'imaginer ce qui se trame dans cette histoire. Moi, je me charge de mon grand-père. Il arrive la semaine prochaine, et on va vite savoir quel secret il nous cache.

Une heure avant le rendez-vous, Isabelle est prête. Dans son fauteuil à bascule, elle repense à ces derniers jours.

Après sa confession, les crises avaient cessé.

Comme par miracle.

Elle n'avait plus revu le médecin. Elle éprouvait le besoin d'être seule pour se concentrer, et puiser, au fond de ses entrailles, le courage d'avouer la vérité à son fils. Cependant, ils maintenaient le contact. Tous les matins, elle guettait son arrivée. Avant de pénétrer dans son cabinet, il se retournait vers elle, et lui adressait un petit signe qui lui réchauffait le cœur. Même rituel le soir, avant de partir.

Pendant toutes ces semaines, il l'avait portée à bout de bras. Elle n'avait pensé qu'à elle, et avait oublié de le regarder.

Depuis quand, avait-il un teint aussi gris ?

Depuis quand, peinait-il à se redresser ?

Qu'y avait-il de si lourd dans sa sacoche, pour ralentir ainsi son pas ?

Perdue dans ses pensées, elle entend Paul klaxonner. Elle se lève, ajuste sa tenue devant le miroir, et le rejoint dans la voiture.

— Tu es magnifique ! Quelle classe !

— Le Patton est un restaurant chic, je ne voulais pas te faire honte.

— C'est réussi ! Allez, c'est parti.

Confortablement installés sous la véranda, mère et fils tentent de retrouver leur complicité.

Après quelques échanges sans intérêt, Paul lance les hostilités :

— Je crois que tu me dois des explications au sujet de ton attitude pendant la soirée de Laure.

— Je te l'ai déjà dit, j'étais fatiguée, je suis rentrée. Je ne voulais ni te faire honte ni être insultante envers nos hôtes.

— Mais tu comprends bien, maman, qu'entre ce que tu penses et ce que les autres ressentent, il y a un énorme fossé, non ?

— Oui, je sais, je m'excuse.

— C'est auprès de Laure que tu dois le faire. Elle t'a envoyé des messages, et toi, tu as fait la morte.

— J'ai eu un... passage à vide. Je ne me sentais pas très bien. C'est elle qui te l'a dit ?

— Non, c'est Élodie.

Isabelle se redresse, comme sous l'effet d'une décharge électrique.

— Vous vous voyez souvent ?

— Pas autant que j'aimerais. On parle beaucoup, dit Paul avec une pointe de regret.

— Vous... vous êtes seulement amis, ou... ?

Paul n'en croit pas ses oreilles.

— Tu es vraiment en train de me demander si Élodie est ma maitresse ?

Isabelle est très pâle. Son cœur bat fort et ses mains tremblent. Non, pas de crise maintenant. Se penchant sous la table, comme si elle ramassait sa serviette, elle laisse tomber sa tête presque au sol, les bras pendants, tentant de prendre une profonde inspiration pour se calmer.

— Maman, ça va ? demande-t-il en passant, lui aussi, la tête sous la table.

— Oui, merci, répond-elle en se redressant. J'avais perdu ma serviette. Donc, vous n'êtes pas ensemble ? C'est une bien jolie femme...

— Certes, mais soit elle n'aime pas les hommes, soit c'est moi qui ne lui plais pas. Nous sommes amis. Et ça me suffit, pour l'instant.

— Pour l'instant ? Est-ce que ça signifie que tu pourrais envisager de...

— Évidemment, répond-il en riant devant la mine contrariée de sa mère. Pourquoi cette idée te perturbe-t-elle à ce point ?

Elle se raidit. Elle doit parler, c'est le moment. Lorsqu'enfin, les yeux presque fermés, elle ouvre la bouche, c'est Paul qui la devance :

— J'ai quelques questions à te poser, au sujet de Laure et de toi.

Inquiète, elle lève les sourcils.

— Est-ce que tu savais qu'elle travaillait à la BNP, elle aussi ?

Isabelle s'immobilise :

— Laure, à la BNP ?

Après un temps, elle ajoute :

— C'était bien la peine de frimer avec son Institut Supérieur de Commerce, si c'est pour finir à la BNP !

— Donc, tu ne le savais pas ?

— Non, puisque je ne l'ai pas revue depuis le bac. Elle travaille où ?

Comme un chirurgien, Paul doit couper dans le vif. Plus ce sera rapide, moins ça fera mal.

— Au siège. Elle est DRH, dit-il en lui prenant la main pour atténuer la violence de cette annonce.

— D...RH ?

— Oui.

Après un silence, pendant lequel elle essaie de comprendre, Isabelle s'écrie :

— Tu es en train de me faire comprendre que c'est elle qui m'a mise à l'écart ? Elle l'a fait exprès ? Pour me punir ?

— Voyons maman, maitrise-toi, on nous regarde. Te punir de quoi, pourquoi ? Jusqu'à la semaine dernière, elle ignorait que tu travaillais à la banque. Son job à elle, c'est de veiller à la rentabilité des agences. Elle ne sait même pas qui est qui.

— Et maintenant, elle est au courant, je suppose ?

— Oui, Élodie le lui a dit juste avant qu'elle ne parte à New York.

— Ah, parce que madame est à New York ?

— C'est son cadeau d'anniversaire. C'est vrai que tu ne peux pas le savoir, puisque tu t'es sauvée avant qu'on le lui offre. Je te signale que nous y avons contribué, nous aussi.

— Elle me vire, et moi, je lui offre un voyage à New York, siffle-t-elle en grimaçant.

— Tu la détestes, c'est normal, mais elle n'y est pour rien. Je t'ai expliqué mille fois que toutes les entreprises fonctionnent comme cela. Je t'assure qu'elle était très contrariée quand elle l'a appris. Elle a promis de voir ce qu'elle pouvait faire pour toi.

— Trop aimable ! ironise-t-elle.

— Il y a autre chose. J'aimerais bien que tu éclaircisses certains points au sujet de son père.

Elle se fige. Sa respiration se bloque, et le sang disparait de son visage. Elle questionne son fils des yeux.

— Lui, il a toujours su où tu travaillais, n'est-ce pas ? Alors, pourquoi a-t-il raconté à sa fille que tu t'étais sauvée sans même le remercier ?

Après un long silence, Isabelle répond :

— Quand je suis tombée enceinte et que mes parents m'ont mise à la porte, il m'a trouvé ce poste à Fontainebleau. On avait convenu de laisser Laure en dehors de cela. Il a dit que j'étais un trop mauvais exemple pour elle.

— Admettons. Mais toi, tu savais qu'il était au comité directeur.

— Oui.

— Et tu n'as jamais pensé à prendre des nouvelles de ta meilleure amie ? En trente ans ? Et lui, il n'a jamais cherché à savoir ce que tu devenais, toute seule, avec ton bébé ?

— Non, souffle-t-elle.

Paul est choqué par les révélations de sa mère. Comment cet homme avait-il pu l'abandonner, au moment où elle avait le plus besoin d'aide ?

Pourquoi l'avait-il ainsi ignorée, alors qu'après le bac, il s'en était occupé comme de sa propre fille, lui donnant l'occasion d'avoir un métier d'avenir ? Et il ne s'était pas contenté de l'éloigner, il l'avait aussi coupée du monde. Elle n'avait que vingt ans.

— Tu as dû te sentir bien seule, pendant toutes ces années. Je suis fier de toi et de ton parcours.

Isabelle ne s'attendait pas à ce retournement de situation. De coupable, elle devenait victime. Son fils, qui aurait dû la détester, la comprend et la console. Elle décide de ne pas rompre le charme, et de reporter son aveu. D'autant que le danger Élodie ne semble plus d'actualité.

Elle repense à Laure. Son amie doit être très mal à l'aise à l'idée de lui avoir joué, sans le vouloir, un mauvais tour. Il y avait quelque chose de jouissif dans tout cela. Le goût délicieux de la revanche.

Avant de quitter son fils, elle demande :

— Tu sais pourquoi la famille de Laure n'était pas à la fête ?

— Elle ne voit plus son père depuis quatre ans. Il n'a pas aimé qu'elle divorce pour une femme.

Isabelle réprime un sourire.

— Et Claire ?

— La pauvre, elle souffre de la maladie d'Alzheimer. Elle vit dans un EHPAD à Neuilly.

Elle ne dit rien. Son cœur se serre.

Élodie tourne en rond, son téléphone à la main. Vers dix-sept heures, n'y tenant plus, elle se décide.

Élodie
Tu es rentré ?

Paul
À l'instant

Élodie
Alors ?

Paul
Quand je lui ai annoncé pour ta mère
Elle a failli avoir une attaque
Elle la hait

Élodie
Ça se comprend.

Paul
En revanche, pour ton grand-père
Elle était au courant
Mais elle n'a jamais eu de contacts avec lui.

Élodie
Et lui ? Il savait où elle était ?

Paul

Oui, c'est lui qui l'a envoyée à Fontainebleau.

Élodie

Le voilà notre cadavre !

Paul

Même pas,

Ils avaient juste convenu de n'en parler à personne.

Ton grand-père ne voulait pas

Qu'elle donne le mauvais exemple à ta mère

Élodie

😂 Ta mère ?

Donner le mauvais exemple à la mienne ?

Paul

C'est ce qu'elle m'a dit.

Elle était sincère.

Élodie

Je te rappelle qu'à cette époque

Ma mère couchait déjà avec Justine !

Paul

Ton grand-père l'ignorait.

Mais tu as raison

Il y a quelque chose qui cloche

Pourquoi a-t-il aidé ma mère,

Si c'est pour l'abandonner ?

Élodie

Il nous faut sa version à lui, maintenant

C'est à moi de jouer

Je le vois dimanche prochain

Paul

Élémentaire, mon cher Watson !

Elles rentrent quand, ta mère et Justine ?

Élodie

Demain matin

Bon, je te laisse, j'ai un rendez-vous

😗

Paul

😗 🤍 🤍

Le jeudi suivant, Élodie attend sa mère devant le porche du Bouillon, pour leur déjeuner hebdomadaire.

Comme d'habitude, elles font un petit signe à William, qui les conduit vers leur table, à l'écart de la foule.

— Bonjour mesdames, comment allez-vous ? Qu'est-ce qui vous ferait plaisir aujourd'hui ?

Elles n'ont pas besoin de la carte, qu'elles connaissent par cœur, pour se décider :

— Des rognons-purée pour moi, s'il vous plait. J'en ai marre de la malbouffe, j'ai envie d'un bon plat, bien français, déclare Laure en salivant.

— La pauvre, elle vient de passer cinq jours à New York, explique-t-elle, en se moquant de sa mère. Pour moi qui n'ai pas eu la chance de traverser l'Atlantique, je reste sur mon andouillette, avec des frites, s'il vous plait.

— Un pichet maison et une *San Pe*, comme d'habitude ? demande William en griffonnant les prix sur la nappe en papier.

— Voilà. Et, bien entendu, nous n'avons qu'une heure.

Élodie prend des nouvelles de sa mère qui, arrivée le lundi aux premières heures de la matinée, avait immédiatement embrayé sur son travail.

— Ça va. Je m'attendais à pire. Il faut dire que passer la nuit en classe affaires, ça change tout.

— Alors, ce séjour ? l'attaque Élodie.

— Je t'ai tout raconté au fur et à mesure. Oh là là, ils sont fabuleux. Enfin, une nourriture digne de ce nom ! se réjouit Laure en dégustant sa première bouchée de rognons.

— J'ai eu les grandes lignes. Maintenant, je veux tous les détails. Comment va tonton ? Tu m'as juste dit qu'il était marié et qu'il avait une petite fille.

— Ah oui, tonton... répond-elle, d'un air distrait.

Avant d'ajouter :

— Il a un peu... changé...

— Comment ça... « changé » ?

— Il a changé de religion. Il est devenu juif, poursuit Laure, avec un sourire mystérieux.

— Juif, reprend la jeune fille, incrédule.

— Il s'est converti, oui.

— Mais juif... juif ? insiste-t-elle, en mimant des ciseaux avec ses doigts.

Laure éclate de rire :

— Je lui ai posé la même question.

Elle raconte ensuite tout ce que son frère lui a appris sur sa vie à New York, sur sa nouvelle famille et surtout sur les causes de sa rancœur envers leur père.

Élodie l'écoute, en silence pour une fois.

— Est-ce que tu sais en quelle année il a trouvé cette photo de bébé ?

— L'année de son bac, le jour des résultats.

— Donc, il avait dix-huit ans, et toi, vingt-trois.

— Excellente déduction, Inspecteur Watson !

La jeune fille éclate de rire :

— Paul aussi m'appelle comme cela.

— Et sur quelle enquête t'es-tu lancée, cette fois ? demande Laure, amusée.

— Isabelle. Figure-toi qu'elle nous a caché beaucoup de choses.

— Ah, Isabelle ! Elle est au courant que c'est moi qui ai nommé quelqu'un à sa place ?

— Oui, Paul le lui a révélé dimanche dernier. Et elle te déteste.

— Je ne peux pas lui en vouloir. Je vais essayer de rectifier le tir.

— Ce serait super, ça, maman... Il n'y a pas que cela... En fait, papi a toujours su qu'elle travaillait là. C'est même lui qui l'a mutée à Fontainebleau, quand elle est tombée enceinte.

— Tu en es sûre ? demande Laure en arrêtant de saucer son assiette.

— C'est ce qu'elle a avoué à son fils, en tout cas.

— Alors, pourquoi m'aurait-il menti ?

— D'après elle, papi ne voulait pas qu'elle te donne le mauvais exemple.

Laure se retient de rire :

— Isabelle, me donner le mauvais exemple ? À moi ?

— Eh bien voilà, c'est pour cela que je trouve qu'il y a quelque chose de pourri au Royaume de Danemark.

— Je ne te savais pas si érudite, ma fille, dit-elle, moqueuse. Cela dit, tu as raison, ça ne tient pas debout.

Les deux femmes se lèvent de table, en laissant, comme chaque semaine, un généreux pourboire à leur ami, et se dirigent à pas lents vers la banque.

— Et il en déduit quoi, Watson ? Quel rapport avec la photo trouvée par Micky ?

— Je n'en sais rien, pour le moment. Isabelle avait un peu plus de vingt ans, lorsqu'elle a accouché, n'est-ce pas ?

— Laure s'arrête brusquement :

— Es-tu en train d'insinuer que papi connait l'identité du père de Paul ?

— Peut-être... Sûrement. Je me pose beaucoup de questions, et comme je déjeune avec lui dimanche prochain, je compte bien avoir des réponses.

— Ton grand-père refait enfin surface en France ? Serait-il fâché avec son ami Trump ?

— Non, il a un tournoi ici. Il m'a donné rendez-vous dans son club, à Longchamp.

Avant de la quitter, Laure lui lance :

— Et surtout, tu me tiens au courant, Watson.

— *Of course* ! Quant à toi, tu nous dégages le jeune diplômé, s'il te plait. Et tu remets ta copine au boulot.

Laure s'assoit devant son ordinateur.

Perplexe.

Isabelle avait donc été mutée sur un poste d'adjointe, à vingt ans. Et enceinte.

Élodie a raison, cette nomination ressemble plus à une évacuation qu'à une promotion.

Peut-être qu'Isabelle et ton père, siffle la voix de la médisance.

Non, c'est impossible. Avec ses soupçons, sa fille avait réussi à lui retourner le cerveau.

Même si Paul est le parfait sosie d'Élodie ? insiste la voix.

Laure secoue la tête pour chasser ces pensées négatives de son esprit. Cet après-midi, elle a un travail de première importance : trouver une solution pour son amie.

Un petit jeu de chaises musicales, dans lequel elle excelle et, pour que personne ne se sente lésé, des augmentations substantielles pour tous.

Elle sourit, satisfaite.

Elle rédige les ordres de mission et les mails pour les intéressés. Cette fois, Isabelle aura le droit, à un traitement personnalisé.

Pour s'excuser de toute la peine qu'elle lui a procurée durant cette mise à l'écart, Laure décide de ne pas se contenter des courriers officiels. Elle saisit le téléphone de son bureau et compose son numéro.

Isabelle est dans sa cuisine, en train de préparer le diner. Ce soir, elle le partagera avec le docteur, ce qui ne lui était plus arrivé depuis le jour de sa confession.

Elle est un peu nerveuse. Elle va devoir lui dire qu'elle n'a finalement rien avoué à son fils. Elle sait qu'il ne lui adressera aucun reproche, mais elle devine ce qu'il lui dira.

« Paul doit connaitre son père. C'est son droit, et c'est surtout votre devoir de mère. »

La sonnerie du téléphone la fait sursauter. Avant de répondre, elle vérifie le numéro. Un fixe, non identifié. Elle décroche.

— Bonjour Isabelle, c'est Laure.

Surprise, elle reste sans voix.

— Je te dérange ? demande son interlocutrice, d'un ton enjoué.

— Non... non, je... bégaie Isabelle.

— Je n'en ai pas pour longtemps, rassure-toi. Je t'appelle en tant que Directrice des Ressources Humaines. J'ai quelques petites choses à voir avec toi.

Le cœur prêt à exploser, Isabelle quitte la cuisine, pour s'asseoir dans son fauteuil à bascule.

— Élodie m'a appris pour ton poste. Je comprends mieux ton silence. Je ne savais pas que tu étais dans cette agence. J'ignorais même que tu travaillais encore chez nous. Bref, je t'appelle pour te prévenir de ta réintégration comme directrice à Fontainebleau.

— Co... comment ça ?

— Figure-toi que je suis DRH et que cela fait partie de mes compétences.

— Et le chef ?

— Je l'ai muté ailleurs. Une promotion. Je sais que tu es malade par ma faute. Je te laisse te remettre sur pieds, et dès que tu le pourras, tu seras la bienvenue.

Isabelle n'en croit pas ses oreilles. Elle éclate en sanglots.

— Ne pleure pas, je déteste cela. Je ne te fais aucune faveur. Ce poste, il était à toi.

Un silence, ponctué de reniflements, s'installe entre les deux femmes.

— Maintenant que j'ai rempli ma mission, j'aimerais que tu m'expliques comment tu as atterri à Fontainebleau.

Isabelle accuse le coup. Comme elle s'y attendait, Paul avait parlé à Élodie, qui avait fait son rapport à sa mère. Sa mutation miracle n'était pas crédible à ses yeux de DRH.

Après tant d'années de silence, le piège vient de se refermer sur elle.

Elle s'éclaircit la voix :

— Quand je suis tombée enceinte, mes parents m'ont jetée à la rue.

— Ça, j'avais compris.

— C'est ton père qui m'a aidée.

— Ça aussi j'avais compris. Mais je me demande comment il a pu te muter sur un poste d'adjointe. Tu avais vingt ans...

— ...

— Et tu n'avais aucune qualification.

— ...

— Qu'il ait voulu t'aider, soit ! Alors, pourquoi t'a-t-il abandonnée ensuite, et surtout, pourquoi a-t-il prétendu que tu avais démissionné sans même lui dire au revoir ?

— ...

— Je ne peux pas me contenter de ton silence, Isabelle. Je ne te lâcherai pas sans avoir des réponses à mes questions.

— Je ne sais pas. Je ne peux rien te dire. Je ne sais pas, crie-t-elle, presque hystérique.

— Reprends-toi. Je veux juste la vérité, dit Laure, très calme.

Isabelle pleure. Sur le mur de silence qu'elle lui oppose, Laure visualise un couple en train de s'enlacer. Une image répugnante.

Au bord de la nausée, elle insiste :

— Toi et mon père ? Dis-moi que ce n'est pas vrai...

Sous les pieds d'Isabelle, la terre vient de s'ouvrir, engloutissant trente ans de culpabilité. Elle ne peut plus reculer.

— Je suis désolée, souffle-t-elle.

Laure pousse un cri strident suivi d'un silence dans lequel seuls leurs cœurs résonnent de battements assourdissants :

— Comment as-tu pu faire cela ?

Isabelle ne répond pas. Elle laisse le flot de ses larmes se déverser sur son passé.

— Il t'a... violée ? C'est ça, il t'a violée et il t'a mise enceinte, et pour éviter le scandale, il t'a mutée ailleurs ?

— Non.

— Quoi non ? Tu étais consentante, alors ? Tu t'es tapé mon père ? C'était un égarement d'un soir ? *One shot,* et tes yeux pour pleurer, c'est ça ?

— On a eu une liaison... pendant un an, avoue enfin Isabelle.

— Une... liaison... un an ? C'est une blague. S'il te plait, dis-moi que tu es en train de te venger à cause de ce fichu poste de chef.

Libérée de son secret, Isabelle se sent plus légère. Et surtout, elle refuse d'endosser seule la culpabilité de son acte.

Le matin, il venait la chercher pour la conduire à l'agence, et le soir, il la raccompagnait chez elle. C'est lui qui avait commencé. D'abord une caresse sur le bras. Puis une main insistante sur la cuisse. Elle en tremblait. D'envie. D'amour.
Elle venait d'avoir dix-huit ans. Il avait changé de route, et il avait pris un sentier de terre.
À l'abri des regards, il s'était arrêté. Il l'avait déshabillée lentement, en lui caressant les seins, le ventre, le sexe, avec douceur. C'était sa première fois.
Tant d'années après, elle pouvait encore avoir le goût de ses lèvres sur les siennes. Sentir sa langue pénétrer sa bouche, dure, imposante. Se tendre enfin vers lui, soumise.

Non, ce n'était pas un *one shot*.
Non, elle n'avait pas été victime d'un prédateur. Ils le voulaient tous les deux. Et ce qu'il lui faisait ressemblait terriblement à l'amour.

— C'est la vérité. Je te demande pardon.
— Mais, le bébé ? Enfin, ton fils ?
— Oui, c'est lui le père.

Laure ne veut pas en entendre davantage. Elle raccroche, en hurlant de rage.

Deux heures plus tard, elle est allongée sur le canapé du salon, la tête sur les cuisses de sa compagne. Les yeux fermés, elle refoule les derniers hoquets qui la secouent, pendant que Justine lui caresse les cheveux.

— Merci d'être venue me chercher si vite.

— Tu m'as fait si peur. Tu n'arrivais plus à parler.

— J'ai eu un tel choc ! C'était comme si elle m'arrachait le cœur, dit Laure en se blottissant contre son ventre.

— C'est fini. Calme-toi.

— Mon père a trompé ma mère avec ma meilleure amie. Il lui a fait un gosse. Depuis tout à l'heure, je me répète que c'est un mauvais rêve et que je vais me réveiller. Et puis, j'entends sa voix. « Non, ce n'était pas une aventure, c'était une liaison, pendant un an. » Elle me narguait. Je te jure qu'elle me narguait.

— Je sais que c'est compliqué pour toi. Laisse passer un peu de temps, et tu y verras plus clair. On peut s'aimer même avec une grande différence d'âge, temporise Justine.

— Qui te parle d'amour ? Ce que je vois, moi, c'est mon père baisant ma copine. Au nez et à la barbe de ma mère.

— S'il te plaît, reprends-toi. Je ne peux pas rester plus longtemps avec toi, je dois aller travailler. Je vais essayer de ne pas rentrer tard, dit-elle en se levant. Le Xanax va bientôt faire son effet. Ne lutte pas, endors-toi.

— Ju... excuse-moi si je m'énerve. Ce n'est pas contre toi, supplie Laure en lui retenant la main.

— Tu verras, ça ira mieux après une bonne nuit de sommeil, lui répond Justine en l'embrassant tendrement.

— Il faut que je prévienne Élodie, dit Laure, en se redressant.

— Tu le feras demain, ma chérie.

— Mais si...

— Si quoi ? Si ta fille avait eu envie de coucher avec Paul, elle l'aurait déjà fait. Alors, pas de panique.

— Ce gosse est mon frère... son oncle, donc ! Je vais devenir folle, ce n'est pas possible !

— Arrête de ressasser tout cela. Écoute-moi et va dormir. S'il te plaît, lui crie Justine avant de s'enfermer dans la salle de bain.

Laure essuie ses dernières larmes, en reniflant. Elle se recroqueville sur le canapé, le visage caché dans les coussins, et finit par s'assoupir.

Avant de quitter la maison, Justine la recouvre d'un plaid, et dépose un tendre baiser sur son front.

— Si tu as faim, il y a des lasagnes et une salade. Ne m'attends pas. Mange, et oublie tout, chuchote-t-elle à son oreille.

À son retour, vers minuit, l'appartement est plongé dans l'obscurité et le canapé est vide.

Sur le bar de la cuisine, un mot.

Le dîner était délicieux, comme toujours.
Merci d'être dans ma vie. Je vais dormir.
Viens vite.

Justine sourit. Ça, c'est la Laure qu'elle aime.

Pour son appétit de la vie et sa capacité à rebondir, quelles que soient les circonstances. Pour son enthousiasme et ses coups de gueule.

Pour tout ce qu'elle n'est pas.

Le lendemain, lorsque Laure ouvre les yeux, le lit est vide. Justine est dans la cuisine.

— Tu as eu une nuit bien agitée. Comment te sens-tu ce matin ? lui demande-t-elle en l'embrassant.

— Pas très bien. J'ai l'impression d'avoir été broyée de l'intérieur. J'ai appelé le bureau. Je reste ici aujourd'hui.

Elle boit son café lentement, par petites gorgées. Les yeux dans le vide.

— Tu ne veux rien manger ?

— Non, pas pour le moment, merci.

Après un temps, elle explose :

— Tu te rends compte de l'énormité de la situation ? Mon père — a — couché — avec — ma — meilleure amie, dit-elle en martelant chaque mot. Et il lui a fait un bébé ! Un bébé !

— Je sais, c'est incroyable.

— Ce n'est pas incroyable, c'est juste... dégoûtant ! Le fils de ma meilleure amie est mon demi-frère ! Et ma fille, ma propre fille, a failli coucher avec son oncle.

— Tu peux bien maudire ta copine jusqu'à la dernière génération, elle n'en restera pas moins la mère de ton demi-frère.

Laure la regarde fixement, puis se sert une autre tasse de café. Justine a raison, « seuls les Français savent faire le café », ne peut-elle s'empêcher de penser. Justine a raison pour tout, d'ailleurs. Les dés sont jetés, personne ne peut changer la donne. Elle doit prévenir sa fille sans attendre. Elle prend son portable.

— Tu vas lui balancer cela par téléphone ? Ce n'est pas un peu violent ?

Elle hésite un instant, puis compose le numéro.

— C'est elle qui m'a mis la puce à l'oreille. Je ne vais rien lui apprendre.

— Coucou chérie, c'est maman.

— Oui, je vois. Tu es au courant que je bosse ?

— J'ai quelque chose à te dire.

— Vas-y, mais dépêche-toi, parce que j'ai beaucoup de dossiers à terminer avant ce soir.

— J'ai réussi à remettre Isabelle sur son poste.

— Bravo. Tu es une super DRH.

— Je l'ai appelée pour la prévenir.

— Tu as bien fait. C'est bon, je peux y aller ?

— Non.

— Quoi encore ?

— Je lui ai demandé des explications sur sa mutation à Fontainebleau.

Élodie, qui continuait à travailler tout en discutant, s'arrête et s'assoit. Elle attend la suite.

— Eh bien, comment te dire ? Paul...

— Allez, parle.

— Paul, c'est le fils de mon père, lâche enfin Laure, d'une voix étouffée.

Élodie ouvre la bouche et la referme. Comme un poisson hors de l'eau. Elle tente d'analyser l'information ubuesque que sa mère vient de lui balancer. Devant ses yeux, le visage de Paul, si près du sien, ses lèvres si douces. Paul... le frère de sa mère ?

À cette idée, elle se met d'abord à glousser, avant de rire aux éclats.

— Élo, ça va ? Tu veux que je vienne te chercher ? Pourquoi ris-tu comme cela ? On dirait une folle.

— Je ris parce que, justement, c'est fou. Depuis le début, je sentais que quelque chose clochait. Chaque fois que je l'approchais, il y avait comme une alerte rouge dans ma tête. Paul... mon oncle. C'est quand même difficile à admettre. Et toi ? Comment vas-tu ?

— Mal. J'ai fait une crise de nerfs, hier au bureau. Justine est venue me chercher.

— Pourquoi ne m'as-tu pas appelée ?

— J'avais besoin d'accuser le coup d'abord.

— Je n'en reviens pas ! Même si je me doutais, de plus en plus, de quelque chose de ce genre. Tu sais que je vois papi dimanche ? Ce rendez-vous tombe vraiment à pic. Il faut que je prévienne Paul. Le pauvre, ça va le démolir.

— Ne lui dis rien pour le moment. Quant à mon père, j'ai une idée.

Plus excitées qu'abattues, la mère et la fille échafaudent un plan d'attaque pour faire éclater la vérité.

— Passe demain en fin d'après-midi. Justine sera au restaurant, nous serons seules. Il ne faut pas se louper. Ton grand-père est un requin, il est capable de nous filer entre les mains.

Elles rient comme deux gamines en train de préparer une bonne farce.

— Ce n'est pas une farce, les coupe Justine d'un ton sévère.

Laure la regarde, étonnée.

— Tu l'as dit toi-même, il n'y a pas mort d'homme.

— Non, mais il y a une femme qui a vécu, pendant trente ans, rongée par les remords et la culpabilité. Une autre qui a perdu la tête à défaut de perdre la vie. Et un fils qui a grandi sans son père. Un énorme gâchis, tout simplement.

L'appel de Laure avait laissé Isabelle pensive, les yeux dans le vide.

Comme le génie d'Aladin, elle avait vécu emprisonnée dans une lampe. Elle aurait pu y rester jusqu'à la fin de ses jours, si cette Élodie n'était pas venue se frotter à son fils.

Dès que Paul avait parlé de cet anniversaire, elle avait su que c'était terminé. Elle avait résisté de toutes ses forces jusqu'à vouloir disparaitre, mais la digue du temps s'était rompue, la libérant enfin du poids de sa faute.

Et pour la première fois, tel le génie du conte des Mille et une Nuits, elle retrouvait le pouvoir d'agir. Quittant son fauteuil à bascule, elle s'était assise à son bureau et en avait ouvert le dernier tiroir. Sous une pile de dossiers, un coffre en fer.

Sa boite de Pandore.

À l'intérieur, des cahiers de brouillon. Ses journaux intimes. Elle avait commencé à les écrire à l'âge de quatorze ans. Un cahier par an. Jusqu'à ses dix-huit ans.

Elle avait pris le premier.

25 mai 1982

Ça y est, j'ai mes règles. Ma mère dit que maintenant je suis une femme et que, si je m'approche trop des garçons, je peux avoir un bébé. Laure se moque de moi. Les Anglais ont débarqué chez elle, bien avant moi. Elle dit que pour faire des bébés il faut faire des trucs. Je ne sais pas quoi.

Au fil des années, la jeune fille perdait sa naïveté. Elle consignait, parfois avec dégoût, souvent avec envie, les détails que son amie n'hésitait pas à lui livrer sur ses premières expériences. Au milieu de ses émois d'adolescente frustrée, elle parlait aussi de sa famille d'adoption, les Caillaud, et de tous ces moments de bonheur, partagés avec eux.

Le tableau d'une vie heureuse et insouciante.

Septembre 1983. L'entrée en seconde.

Isabelle et Laure n'étaient plus dans la même classe. Elles se retrouvaient, au « Café du coin », avec toute la bande.

Isabelle aimait Philippe en secret, depuis la sixième. Jour après jour, elle confiait à son journal, ses fantasmes, nourris par les récits, de plus en plus précis, que Laure continuait à lui fournir. Philippe et son beau visage de gitan, Philippe et sa moustache si virile.

À la fin de l'année scolaire, elle venait d'avoir seize ans, un cri de désespoir gravé sur le papier.

Laure était la seule à connaitre ses sentiments.

Mais Laure aimait les garçons. Tous les garçons. Même Philippe. Surtout Philippe, parce qu'Isabelle ne rêvait que de lui.

15 mai 1984

Je veux mourir. Laure... avec Philippe. Elle m'a juste dit « Ça y est, on l'a fait. T'inquiète, je te le laisse, c'est vraiment pas un bon coup ». Je me suis mise à pleurer. Et elle a éclaté de rire.

Les mots s'étaient noyés sous ses larmes. Mais Isabelle pouvait encore les lire avec son cœur. Et elle ressentait la même souffrance.

En s'immergeant ainsi dans son passé, elle rétablissait la vérité. Laure ne la considérait pas comme son amie. Elle la laissait picorer dans son assiette, tel un animal de compagnie, et la lui retirait quand elle en avait envie. La digne fille de son père.

Le souffle coupé par cette évidence, elle avait interrompu sa lecture et s'était levée pour se relaxer ses muscles. De sa fenêtre, elle apercevait la voiture du docteur Chavel. Lorsqu'elle lui avait raconté son histoire, il lui avait souri avec bienveillance :

— Qu'a-t-elle fait pour vous durant toutes ces années, cette femme ?

— Mais j'ai été la maitresse de son père, avait-elle crié.

— Elle l'ignorait. Pourtant, elle n'a jamais cherché à vous revoir.

Isabelle n'en démordait pas. Elle avait commis un crime, et elle devait payer. Il lui avait pris les mains avec douceur et avait continué :

—   Vous étiez très jeune.

—   J'étais majeure et consentante.

—   Vous aviez dix-huit ans et lui, plus de quarante. Qui est responsable ?

Le docteur était son seul ami. Elle avait hâte de lui montrer son trésor, de lui dire qu'il avait raison, et qu'elle n'avait trahi personne.

Puis elle était retournée à son bureau pour attaquer les derniers cahiers.

1er septembre 1986

Depuis que Laure est partie, c'est silence radio. Je pense souvent à elle. Elle me manque. Je n'ai plus de nouvelles des garçons non plus. Ils sont tous à la fac. Je suis la seule à ne pas faire d'études. Heureusement, Jean-Paul m'a proposé un poste à la banque. Mes parents le bénissent tous les jours. Ils sont contents. C'est de l'argent qui rentre.

15 septembre 1986

Il vient me chercher tous les matins en bas de l'immeuble. Et il me ramène le soir.

J'aime ces moments où l'on est tous les deux. Il est trop gentil. Il s'intéresse à moi. Il me taquine souvent. Il veut savoir si j'ai un amoureux. Il dit que je dois prendre mon temps, parce que je mérite quelqu'un de bien. Mon père, il ne s'est jamais occupé de ma vie comme cela.

1er octobre 1986
Toujours pas de nouvelles de Laure. Je lui ai écrit, mais elle ne répond pas. JP (oui, je l'appelle JP, ça fait classe) me dit qu'elle s'éclate dans son école. Je m'en fous. Moi aussi, je m'éclate. En plus, je peux l'avoir pour moi toute seule. Il me donne des conseils pour mon avenir. Il pense que je suis capable d'aller loin si je m'en donne la peine. Il me fait confiance.

18 octobre 1986
Ce n'est pas toujours facile à l'agence. Tout le monde sait que je suis la meilleure amie de Laure et que je suis entrée par piston. Les

filles ne veulent pas de moi. Elles se taisent quand je suis là.

30 novembre 1986
Ça va mieux au bureau. Les filles commencent à m'accepter. Elles se parlent entre elles, mais elles ne sont pas discrètes. Surtout Caroline. Une pimbêche, celle-là. JP est son sujet préféré. Elle craque sur lui, et comme il ne fait pas attention à elle, elle se venge en racontant n'importe quoi. Elle a dit que JP « se faisait une fille par jour ». C'est abusé de salir la réputation d'un homme de cette façon. Pour qui elle se prend ?

De mois en mois, Isabelle perdait ses illusions. Sous le père de famille, elle découvrait un homme, et ce qu'elle apprenait sur lui, exacerbait ses pulsions de jeune fille.

13 février 1987
Tout est vrai. JP trompe sa femme. Souvent et avec tout le monde. C'est moche de se

comporter comme cela quand on est marié. Pauvre Claire. En même temps, si elle ne sait pas, ça ne peut pas lui faire de mal.

20 février 1987
C'est difficile de lui en vouloir. Il est tellement beau. Quand il me dévisage avec ses grands yeux bleus, ça me prend aux tripes et je ne sens plus mes jambes. Hier soir, j'ai rêvé de lui. Je ne peux rien raconter, j'ai trop honte. J'ai même cru que j'avais fait pipi au lit. Ce matin, je n'osais pas le regarder en face. J'étais toute rouge. Je suis sûre qu'il s'est aperçu de quelque chose parce qu'il m'a demandé si j'étais amoureuse. J'ai rougi encore plus.

Le journal était son seul ami et elle se confiait sans tabou. Le cœur prêt à exploser, elle avait gravé sur le papier leur première fois, dans les champs. Il n'avait rien demandé. Il avait décidé de tout. Il l'avait prise avec une infinie douceur, en la regardant fixement, satisfait d'être le premier. Et quand il l'avait enfin pénétrée, elle avait ravalé son cri de douleur.

Une fois par semaine ou plus, suivant son humeur, il prenait la route de la campagne, avec son petit sourire au coin des lèvres.

25 avril 1987
Ce soir, pour la première fois, il m'a emmenée dans sa garçonnière. J'étais au courant pour le studio. Il disait qu'il avait besoin d'un endroit à lui. Moi, je savais bien ce qu'il y faisait. Comme tout le monde, d'ailleurs. Alors, quand il a pris une route différente, j'ai compris. On l'a fait dans un lit pour la première fois. C'était si bon. J'étais heureuse, et lui aussi. On est un vrai couple, maintenant. Je sais qu'un jour, je serai sa femme.

En lisant ces lignes, Isabelle se sentait submergée par une vague de pitié. Comment avait-elle pu être aussi stupide pour imaginer qu'il quitterait Claire pour elle ?

Le féminisme, la libération de la femme. Aucun des grands combats de son époque n'entrait dans ses préoccupations. Jean-Paul était son maitre, et ce qui comptait, c'était qu'il ait envie d'elle. Elle n'avait que dix-neuf ans et elle était à lui. Il apparaissait et soufflait le feu en elle. Puis il disparaissait pendant des semaines, occupé par d'autres conquêtes. Elle le savait. Elle ne se révoltait pas. Et elle se consumait lentement.

15 novembre 1987
J'ai vu Caroline sortir du bureau de JP. Le sourire béat et les cheveux en l'air. Non, ce n'est pas possible. Il n'a pas pu me faire cela. Je n'existe plus pour lui. Il ne me regarde plus. Je ne peux pas vivre sans lui. Je veux mourir.

15 janvier 1988
Enfin ! Il est passé me voir cet après-midi. Il m'a dit qu'il me ramènerait chez moi. Je me suis mise à trembler et je n'ai fait que des bêtises toute la journée. On a fait

L'amour trois fois de suite. Il ne voulait plus s'arrêter. C'était un peu violent, pas comme d'habitude. J'ai eu mal, mais je n'ai rien dit. Il doit avoir des soucis parce qu'il ne m'a pas parlé. Je m'en fous, il est là maintenant. Je l'aime tant.

Il avait continué son manège. Ses mots se mouillaient de larmes. Ils trahissaient ses déceptions, ses frustrations. De temps à autre, le soleil revenait. Moins rayonnant.

Dans son studio, il la prenait de plus en plus violemment. De plus en plus silencieusement.

Ses confidences devenaient rares. Elle était meurtrie. Sans doute honteuse. Et puis, elle avait cessé d'écrire.

Elle venait d'avoir vingt ans, et elle était prisonnière d'une passion qui allait bouleverser sa vie.

Le cœur serré, Isabelle découvrait la réalité de son histoire. L'histoire d'un homme qui s'était joué d'elle. Comme sa fille, avant lui. Deux êtres qu'elle croyait avoir aimés plus que tout et qui l'avaient manipulée.

Trente années de honte pour une faute qui n'était pas la sienne.

Elle avait rangé ses cahiers dans une grande enveloppe. Désormais, ils appartenaient à son fils, pour qu'il comprenne un jour qui était son père.

La nuit était tombée lorsqu'elle s'était dirigée vers la fenêtre, son précieux butin sous le bras, dans l'espoir de trouver celle du cabinet, encore éclairée. Tout était éteint et la voiture avait disparu. Étonnée que le docteur n'ait pas cherché à la voir, et déçue de ne rien pouvoir lui raconter, elle s'était endormie sans effort, pour la première fois depuis longtemps.

Le vendredi matin, c'est le téléphone qui la réveille. Le numéro du cabinet. Elle décroche en souriant :

— Docteur, vous vous êtes sauvé sans venir me saluer hier, ce n'est pas gentil, dit-elle d'un air badin.

— Euh, pardon, Isabelle, ce n'est pas Pierre, c'est Cathy.

Isabelle rougit. Ses paroles vont alimenter, s'il en est encore besoin, les soupçons de la secrétaire sur leur relation. Et pour la première fois, cela ne lui déplaît pas.

— Oh, Cathy, je m'attendais à parler à Pierre.

— Isabelle. Il est arrivé quelque chose de terrible.

Elle se fige en entendant trembler la voix de Cathy.

— Le docteur... il... il est mort, bégaie-t-elle avant d'éclater en sanglots.

Des milliers de sirènes retentissent dans son crâne, prêt à exploser. Prise de vertiges, elle lâche l'appareil et plaque ses mains sur ses deux oreilles en hurlant comme une bête.

Dans une ultime prière, elle tombe à genoux, le visage ruisselant de larmes, et se recroqueville sur le carrelage, en position fœtale.

Dans sa tête, les mots se bousculent. Il est mort... il est mort. Ils tournent en boucle et se cognent sur les parois de son cœur. Elle gémit de douleur, et perd connaissance.

Soudain, un son strident transperce ses tympans. L'on sonne et l'on tape à sa porte en criant son nom.

Incapable de se redresser, elle rampe jusqu'à l'entrée et se hisse à la poignée. Cathy a juste le temps de la rattraper avant qu'elle ne s'écroule sur le carrelage, comme une poupée de chiffon.

— Isabelle, qu'est-ce qui s'est passé ? J'ai entendu votre hurlement et plus rien. J'ai eu si peur. Là, appuyez-vous sur moi. Asseyez-vous. Je vous apporte un verre d'eau... Le docteur n'aurait pas aimé que je vous l'annonce comme cela. Je suis désolée, je n'ai pas réfléchi. J'étais tellement perdue.

— Je... je suis tombée, je crois.

Elle essaie de se souvenir. Elle a fait un malaise, suivi d'un cauchemar. Comme parfois.

Elle affermit sa voix, et demande avec un espoir fou :

— Il n'est rien arrivé à Pierre, n'est-ce pas ?

— Il... il est mort. On avait beau s'y attendre, ça fait un choc.

— On avait beau s'y attendre ?

— Il était malade, vous le saviez, non ?

— Malade ? Malade de quoi ?

— Vous ne le saviez pas ? Encore une fois, pardon de vous l'apprendre de cette façon. Vous étiez proches, je pensais... Il souffrait d'un cancer généralisé. Phase terminale. Ses os étaient sérieusement atteints. Ces derniers jours, il ne tenait presque plus debout.

— Non, je ne le savais pas. Je le trouvais plus voûté que d'habitude. Je ne me doutais pas que... il ne m'a rien dit, murmure-t-elle. Ça fait longtemps ?

— Pour le cancer ? Oui, assez longtemps. Il a consulté les meilleurs oncologues, il était bien placé. Mais cette saleté de maladie n'épargne personne. Je me demande comment il faisait pour continuer à sourire, à soigner. Il voulait « mourir sur scène ». C'est ce qu'il répétait. Je crois aussi qu'il espérait vous revoir.

Isabelle sursaute :

— Je ne suis pas passée cette semaine. J'avais prévu de venir hier. Il était déjà parti. Jamais je ne me le pardonnerai.

— En trouvant les deux enveloppes sur mon bureau ce matin, j'ai tout de suite compris. Il y en avait une pour moi. L'autre est pour vous. La voici. Il tenait à ce que je vous la remette en main propre. Il les a écrites hier soir, avant de partir. Il savait que c'était la fin. « Je ne laisserai pas la faucheuse mener la danse ». C'est ce qu'il disait tout le temps.

Cathy pose la lettre sur la table du salon et se redresse en reniflant :

— Je dois retourner au cabinet, pour prévenir les patients. Vous pouvez m'appeler quand vous voulez. N'hésitez pas.

Restée seule, Isabelle regarde l'enveloppe comme si le docteur allait en sortir. Puis, lentement, elle l'ouvre et commence à lire :

Isabelle,

Je sais dans quel état vous êtes, et croyez-moi, ça me désole. Vous avez tant de chagrins à gérer que j'aurais bien aimé vous éviter celui-ci. Je voulais vous attendre ce soir, mais je n'en ai plus la force. Pourtant, j'aurais tant aimé revoir votre visage et vous tenir une dernière fois dans mes bras. J'ai nargué la maladie autant que je pouvais. Elle a fini par gagner. Je sais ce que vous pensez. Je ne vous ai rien dit et vous vous sentez trahie. Pardonnez-moi. Je ne voulais pas que cette saleté de cancer s'immisce entre nous. Je ne voulais pas de votre peur et encore moins de votre pitié. J'avais besoin de vous au naturel. J'avais besoin de nos dîners en tête à tête. Et j'avais égoïstement besoin de vous être utile. Je sais qu'à part Paul, j'étais le seul homme à pouvoir le faire. J'ai aimé être votre guide, et si j'ai caché mes souffrances, c'était pour le rester le plus longtemps possible. Vous l'ignoriez, mais vous, vous étiez mon bâton de vieillesse. C'est pour vous que j'avais accepté de me soigner. Ce soir, je dois en finir. J'ai tout ce qu'il faut pour le faire, mais vous étiez si perdue que je n'ai pas eu le courage de vous abandonner plus tôt. Je sais que vous allez mieux. Je sais que vous vous êtes réconciliée avec vous-même. Vous verrez, même s'il lui faudra du temps, votre fils reviendra vers vous. De toute façon, vous ne serez jamais seule, puisque je serai toujours là. Dans votre mémoire. Et je l'espère, dans votre cœur aussi.

Avant de partir, je dois quand même vous avouer une chose. Je vous aime, Isabelle. Pas comme une patiente ni comme une amie. Je vous aime comme une femme, et je vous désire du plus profond de mon être. Je me suis tu tout ce temps pour ne pas vous perdre. Parce que l'amour peut être fort quand il est partagé, mais il est si destructeur quand il finit. Vous en savez quelque chose, vous qui n'avez jamais cessé d'aimer le père de votre enfant. Je ne voulais pas prendre sa place. Et encore moins vous briser davantage.

En écrivant ces mots, j'imagine le terrible chagrin que je vous procure. Pardonnez mes larmes. Je les dépose sur ce papier pour que vous compreniez à quel point je tenais à vous.

Lorsque vous lirez cette lettre, mon corps ne sera plus là, mais regardez autour de vous. Je suis là, pour toujours. Vous pourrez me parler

autant que vous voudrez, et moi, je trouverai bien un moyen pour vous répondre.
D'ailleurs, je suis sûr que vous avez préparé un bon bœuf bourguignon pour moi. Celui que je n'ai pas le courage d'attendre ce soir. Surtout, ne le jetez pas. Dégustez-le pour nous deux, et soyez heureuse de vivre. Ce sont mes dernières volontés.
Votre ami, Pierre

Les larmes brouillent ses yeux, mais son cœur continue à lire.

Il l'aimait. Bien sûr qu'elle le savait, même si, murée dans sa honte, elle refusait de l'admettre.

Assise sur son fauteuil à bascule, elle reste sur les derniers mots du docteur. Sa première déclaration d'amour. Dans une ultime lettre.

Je ne voulais pas prendre sa place.

Quelle place ? Celle d'un homme qui s'était moqué d'elle ? Celle d'un amour qu'elle portait sur son dos, tête baissée, pour ne pas voir le monde en face ?

« Arrêtez de vous torturer. Nous ne pouvons plus revenir en arrière. Notre amour restera toujours beau, parce qu'au contraire des autres, nous ne l'abimerons pas. On dit que les histoires d'amour finissent toujours mal. La nôtre restera dans notre cœur. Parce qu'elle n'a jamais commencé. »

Isabelle sursaute. Qui a dit cela ? C'était sa voix. Elle en est certaine. Elle s'agite, regarde autour d'elle. Personne. Et soudain, une douce chaleur, comme une main posée sur son bras. Pour la calmer. Une main qui lui permet de lâcher prise et de s'endormir, sans tristesse et sans colère, la lettre collée contre sa peau.

Elle s'était réveillée à plusieurs reprises, avec toujours la même évidence : il est mort, le docteur, il est mort.

La douleur vrillée au corps, elle se remettait à pleurer et à gémir. Puis, elle le sentait près d'elle, souriant et rassurant. Et elle se rendormait, épuisée.

Le samedi, en fin de journée, poussée par une force dont elle ne se serait pas crue capable, elle se décide enfin à se lever. « Il n'aurait pas aimé que je me laisse aller ».

La sonnerie du téléphone la ramène à la réalité.

Sur l'écran, le nom de Laure.

— Oui, répond-elle d'une voix rauque.

— C'est Laure. Justine passe te prendre demain vers onze heures, tiens-toi prête.

— Je... je ne suis pas en forme. Je viens de perdre mon meilleur ami.

— Je suis désolée pour toi. On ne peut plus attendre.

— Pour aller où ?

— Voir mon père.

— Non, non, je ne veux pas, pas maintenant.

— Je ne te laisse pas le choix, ma vieille.

— Et Paul ? Il sait ?

— Pas encore. Il le saura demain. La comédie a assez duré.

Isabelle pose le téléphone. Elle n'a plus de larmes. Laure peut encore essayer de l'humilier, cela ne la touche plus. Pour la première fois de sa vie, elle est décidée à se battre.

— Vous ne me faites plus peur, ton père et toi. C'est à moi maintenant de vous trainer dans la boue, déclare-t-elle à une Laure invisible.

Laure et Élodie trépignent d'impatience.

Après avoir imaginé toutes sortes de guets-apens, elles décident finalement de profiter du déjeuner du dimanche pour une confrontation générale. Un règlement à OK Coral, avait conclu Laure.

Tous les détails avaient été passés en revue. Micky était prévenu et il avait très envie de participer à « cette petite sauterie ».

— Treize heures, ça va être un peu tôt pour toi, non ?

— Tu as oublié ce que c'est que d'avoir une enfant de cinq ans. Et puis, nous travaillons, nous, le dimanche.

— Ah oui, pardon. Je n'y pensais pas. Tu vas l'annoncer à papa ?

— Non, je vais attendre de l'avoir en face de moi pour le lui dire.

— Alors, c'est vrai, tu vas venir ?

— Je te l'ai promis, sœurette. Et comme c'est toi qui paies...

Il ne restait que les deux acteurs principaux à prévenir. Laure avait expédié Isabelle en cinq minutes.

— Tu as été dure avec elle, avait plaidé la jeune fille.

— Je te rappelle qu'elle a couché avec mon père et que toi, tu as failli le faire avec mon frère. Sans compter qu'elle a essayé de se défiler en prétextant un décès dans son entourage, la maligne.

— Je sais, mais je ne peux pas m'empêcher d'avoir pitié d'elle. Allez, je m'occupe de Paul.

Élodie
Es-tu dispo demain ?

Paul
Demain ?
Tu ne déjeunes plus avec ton grand-père ?

Élodie
Si, justement. Tu veux m'accompagner ?

Paul
Je peux ?

Élodie
Pourquoi pas ? Je veux lui présenter
Mon nouveau petit ami.

Paul
Ton petit ami ?
J'ai raté un truc ?

Élodie

On va faire comme si l'on sortait ensemble.
Pour voir sa réaction quand il va apprendre
Que tu es le fils d'Isabelle

Paul
Tu crois qu'il va faire une crise, lui aussi ?

Élodie
Papi est solide, et tu es le fils
De la meilleure amie de sa fille,
Il n'a aucune raison de criser

— Voilà, c'est réglé de mon côté aussi. Il est impatient de rencontrer papi, dit Élodie en faisant un clin d'œil à sa mère.

— Moi, c'est lui que je plains. Ce n'est pas sa faute. On y va peut-être un peu fort, non ? demande Laure dans un ultime remords.

Entouré de ses amis golfeurs, Jean-Paul attend sa petite-fille sur la terrasse du club.

La veille, elle lui avait annoncé qu'elle viendrait accompagnée. Il n'avait pas pu s'empêcher de plaisanter :

—   Rassure-moi, c'est un mec ?

—   Papi ! Je croyais que tu voulais passer à autre chose !

—   Je me renseigne, c'est tout. Et puis, il faut bien admettre que ça manque d'hommes dans cette famille.

Elle avait raccroché sans répondre.

Pauvre papi, s'il savait.

À midi, Élodie se gare devant le restaurant. Elle tend sa main à Paul qui ne comprend rien à cette comédie, et se dirige vers son grand-père, d'un pas assuré.

—   Ah, voici ma jolie petite-fille. Ma chérie, tu embellis de jour en jour !

Il se lève pour l'enlacer quand ses yeux croisent ceux de Paul. Un courant électrique traverse son corps.

Son trouble n'échappe pas à Élodie qui se serre langoureusement contre son pseudo-fiancé et lui effleure la joue de ses lèvres. Avant de passer aux présentations :

— Voici Paul, mon petit ami. Jean-Paul, Paul... Vous allez bien vous entendre, dit-elle avant d'éclater de rire.

Sans se douter du psychodrame dont il est le héros, le jeune homme tend sa main avec enthousiasme :

— Avec nos deux prénoms presque identiques, nous étions destinés à nous rencontrer. Je suis ravi de faire enfin votre connaissance.

Jean-Paul avance une main molle, tout en scrutant son visage. Cette bouche, cette crinière brune. Et surtout ces yeux. Ce garçon ressemble à quelqu'un, mais à qui ?

Élodie suit sa pensée comme si elle avait élu domicile dans son cerveau :

— Paul est le fils d'Isabelle.

— Isabelle ? Quelle Isabelle ?

— Isabelle, la meilleure amie de maman. Tu te souviens d'elle, ou tu souffres d'Alzheimer, toi aussi ? répond-elle en ne le lâchant pas du regard.

Jean-Paul pâlit. Il retire sa main vivement, comme s'il s'était brûlé. Son visage se fige. Il n'arrive plus à parler. Elle reprend :

— On s'est rencontrés pour l'anniversaire de maman. On ne s'est plus quittés depuis. On a eu un… vrai coup de foudre.

— Tu… Vous… vous couchez ensemble ? balbutie Jean-Paul.

— Ta question n'est pas très élégante, papi. Sans compter que la réponse ne te regarde pas.

— Mais… mais…

— Ah, voilà Isabelle, justement. Je l'ai conviée parce qu'elle avait très envie de te revoir, dit-elle en allant à sa rencontre.

D'un même mouvement, les deux hommes tournent la tête vers l'entrée.

— Maman ? Mais qu'est-ce qu'elle fait là ? demande Paul, en regardant Élodie.

— Eh bien, je crois que c'est ce que ma mère appelle une rencontre à OK Coral, lui répond la jeune fille avec un sourire d'excuse.

Jean-Paul s'appuie sur la table. Il tremble. Ses yeux sont exorbités. Isabelle s'approche de son fils, le prend par la main et le tire doucement vers lui.

— Paul, voici Jean-Paul, ton père, dit-elle d'une voix ferme.

— Mon... ? Tu es devenue folle ? Élodie, parle, je t'en supplie.

La jeune fille se rapproche de lui :

— Elle dit vrai. Je m'excuse de te l'annoncer de cette façon, mais tu sais bien que je me doutais de quelque chose. Et j'ai fini par trouver.

— Et ça fait longtemps que tu te moques de moi ? crie-t-il en la repoussant.

— Je viens de l'apprendre, je te le jure. Je ne t'ai jamais menti.

Furieux, il se tourne vers Isabelle, toujours muette :

— Dis quelque chose, toi. Ce n'est pas vrai, n'est-ce pas ?

Elle se redresse. C'est fini. Elle pense au docteur. Il est là, à ses côtés.

— C'est bien ton père.

— Faux, archi faux ! Qu'est-ce que c'est cette mascarade ? Il ne s'est rien passé entre cette femme et moi, s'énerve Jean-Paul.

— Comment expliques-tu alors cette étrange ressemblance avec toi ? demande Élodie. Quand tu l'as vu tout à l'heure, tu as failli tourner de l'œil.

— Vous êtes dingues. Dégagez d'ici. Je n'ai rien à voir avec ça.

Dès le début de l'altercation, la terrasse s'était vidée, et dans le restaurant, tous les clients, intrigués par les cris, s'étaient tus. Sans se préoccuper des regards braqués sur lui, Jean-Paul continue à nier, en gesticulant.

Isabelle lui tend une grande enveloppe en le fixant droit dans les yeux :

— Tiens, c'est pour toi. Pour te rafraichir la mémoire.

— Qu'est-ce que c'est ça, encore ? Vous n'avez pas fini de m'emmerder avec cette histoire ? Je n'ai rien fait avec elle, ça suffit, hurle-t-il.

Il lance l'enveloppe sur la table, rassemble ses affaires, leur tourne le dos, et se dirige vers la sortie. Arrivé à la porte du restaurant, il tombe sur Laure et Justine. Il recule, effrayé.

— Toi aussi ? C'est un piège, donc. Laissez-moi passer.

— Pas question, papa. Pour une fois que la famille est réunie au grand complet, ce serait dommage de ne pas en profiter. Regarde, dit-elle en lui présentant le téléphone qu'elle tenait en main, même Micky est là.

— Micky ? Mais...

Jean-Paul recule à mesure qu'elles avancent.

— Arrête de te donner en spectacle. On t'entend hurler depuis le parking. On va s'asseoir, et on va continuer cette petite discussion, calmement, entre personnes civilisées, dit Laure en le repoussant vers leur table. Alors, comme ça, tu as sauté ma meilleure amie, dès que j'ai eu le dos tourné ?

— Pas du tout ! Je me tue à le répéter, cette folle raconte n'importe quoi.

— Quand j'étais jeune, j'écrivais un journal intime. Je l'ai gardé pour qu'un jour, mon fils sache qui était son père. Le voici, intervient Isabelle en poussant l'enveloppe vers Jean-Paul.

— Conneries, s'énerve-t-il.

— Moi, ça m'intéresse, dit Laure en saisissant le paquet. Les pensées d'Isabelle doivent valoir leur pesant d'or.

Elle ouvre le premier cahier. Elle le parcourt des yeux. Tout le petit groupe est suspendu à ses lèvres. Au bout de quelques secondes, elle le referme d'un geste brusque.

— N'importe quoi, ça ne parle pas de papa.

— Celui-ci non. Je voulais te l'offrir, justement. J'avais seize ans. J'étais encore vierge. Grâce à toi, d'ailleurs, et à ton acharnement à séduire les garçons qui me plaisaient. C'est en le relisant que j'ai réalisé à quel point je m'étais trompée sur toi. Je n'étais pas ton amie. J'étais... un faire-valoir. Rien de plus. Et ton plus grand plaisir, c'était de m'humilier.

Laure éclate de rire. Un rire sans gaieté.

— N'inverse pas les rôles. Aujourd'hui, l'accusée, c'est toi. Alors, arrête de te défiler.

Après tant d'années de soumission et de honte, Isabelle est enfin décidée à défendre son honneur. Elle se lève d'un bond :

— Tu es bien comme ton père. Vous écrasez les autres et vous les accusez ensuite de ramper. Je vais vous le lire, moi, le passage où nous avons fait l'amour pour la première fois. J'avais dix-huit ans.

« Il a commencé à me déshabiller, il a glissé sa main entre mes cuisses. J'ai eu peur et je me suis contractée. Il s'est arrêté et il m'a demandé si je l'avais déjà fait. J'ai dit non avec la tête. Je tremblais.
Il a souri et il a continué. Il a dit :
"Tu ne pouvais pas me faire un plus beau cadeau."
Il a glissé son... »

— Stop ! C'est répugnant, je ne veux pas en entendre davantage, crie Paul en lui arrachant le cahier, pour le jeter sur la table.

— *Hi*, la famille... c'est Dallas, chez vous ! les interrompt Michael. J'adore le scénario ! *Hi* Pa, ça fait longtemps ! Ça craint un peu pour toi, non ?

— Toi, ta gueule, lance son père d'une voix sourde.

— Ah non, pas cette fois, désolé. J'ai même une question à poser à Isabelle.

Laure dirige l'écran vers elle.

— *Hi*, Isabelle, j'aurais aimé te revoir dans d'autres circonstances, mais je voudrais te demander si tu as essayé de te venger, après la naissance de ton fils.

Isabelle se recroqueville sur elle-même :

— Oui, murmure-t-elle. J'ai envoyé une lettre anonyme à Claire... Enfin, à ta mère. Avec une photo de Paul. Je le regrette, je te le jure. C'était idiot. Elle n'y était pour rien. Je ne sais même pas si elle l'a reçue.

— Tu as fait ça ? Tu avais promis que tu la laisserais tranquille, explose Jean-Paul en bondissant de sa chaise, immédiatement retenu par Laure et Élodie.

Micky reprend la parole :

— Elle l'a reçue, oui. Et elle a essayé de se suicider. Ça lui a valu deux mois en hôpital psychiatrique. Quand elle est rentrée, elle ne se souvenait plus de rien.

— Je suis désolée, murmure Isabelle.

Jean-Paul est livide. Sa bouche se tord dans une grimace de souffrance. Il porte la main sur son côté gauche et tente de se lever. Il s'écroule sur le sol.

Laure et Élodie se précipitent sur lui. Laure le gifle, avec plus de force que nécessaire. Il ne réagit pas. Un client du restaurant arrive en courant :

— Je suis médecin, écartez-vous. Appelez les pompiers, dit-il en commençant un massage cardiaque.

Au téléphone, Michael crie :

— Qu'est-ce qui se passe ? Répondez.

Justine saisit l'appareil sur la table :

— Ton père vient de faire une attaque. On te rappelle plus tard.

— Il revient à lui, merci monsieur, s'écrie Élodie soulagée.

— Je vous en prie, c'est mon métier. C'est sans doute un malaise vagal. Il doit être placé sous surveillance. Son pouls est très irrégulier.

Jean-Paul tente de se relever, mais le médecin lui ordonne de ne pas bouger jusqu'à l'intervention des pompiers.

Après les questions de routine, ceux-ci le basculent sur un brancard, masque à oxygène sur le nez.

— Vous l'emmenez où ? Je peux venir avec vous ? demande Laure.

— On va aux urgences d'Ambroise Paré. Il vaut mieux attendre qu'ils vous appellent.

Après leur départ, Laure, furieuse, se précipite sur Isabelle, prête à la frapper :

— Toi, tu vas me le payer, sale garce ! Tout ça, c'est ta faute. Tu l'as, ta vengeance ? Tu es contente ?

— Doucement, chérie. On va essayer de régler tout cela sans s'énerver, en adultes, dit Justine.

Justine et son calme.

— Elle a raison. On voulait avoir la vérité, on l'a. On en fait quoi maintenant ? À part s'entretuer, bien sûr, demande Élodie qui s'était rapprochée de Paul et d'Isabelle.

L'écran du portable s'allume et la sonnerie caractéristique de *WhatsApp* retentit.

— Alors qu'est-ce qui se passe ?

— C'est peut-être un malaise vagal. Les pompiers l'ont emmené aux urgences de Paré, répond Laure.

— Merde ! Après... on lui a tous sauté dessus. C'était son seul moyen de s'esquiver.

— Tu ne vas tout de même pas insinuer qu'il a simulé ?

— Il en est tout à fait capable !

— Ne sois pas aussi dur avec lui.

— Je ne suis pas dur, je suis réaliste. Bon, et maintenant, on fait quoi ?

— Salut tonton, c'est exactement ce que je demandais avant ton appel.

— Salut ma nièce ! Tu es magnifique, ma puce !

— On peut laisser les politesses de côté ? l'interrompt Laure. Isabelle, je crois que c'est à toi de parler.

— Je vous ai tout dit. J'avais dix-huit ans et j'étais seule. Jean-Paul s'est occupé de moi.

— Et tu en as profité pour coucher avec lui. Tu ne t'es jamais posé de questions par rapport à nous ?

— Quand on est jeune, on ne pense pas à tout. Et ce n'est sûrement pas toi qui peux me le reprocher, lui lance Isabelle.

Laure tente, une nouvelle fois, de bondir sur elle. Justine la maintient fermement. Paul, qui était resté silencieux, se tourne vers sa mère :

— Pourquoi ne m'en as-tu pas parlé ? J'aurais pu comprendre.

— Il a été catégorique. Son nom ne devait surtout pas apparaitre dans cette « affaire », comme il disait. Il s'est arrangé pour m'expédier à Fontainebleau en me faisant jurer de me taire. En contrepartie, il acceptait de tout payer pour nous. Je n'ai pas eu le choix. J'étais seule et j'avais un enfant à élever.

— J'ai vécu sans père, alors qu'il était là, tout proche.

— Je ne pouvais rien te dire. Je te demande pardon, dit Isabelle en baissant la tête.

— Et tu es consciente aussi que j'aurais pu coucher avec Élodie... ma nièce, donc ?

Du téléphone, jaillit un rire tonitruant.

— Là, j'avoue que c'est bien mieux que Dallas !

Élodie reprend la parole en l'ignorant :

— Je sentais que quelque chose clochait. Je te l'ai dit plein de fois. La couleur de tes yeux, je crois. Trop identique à la mienne. La réaction de mamie, aussi. Je voulais être sûre, avant de t'en parler, dit-elle en se rapprochant de Paul, pour le consoler.

Puis, elle se tourne vers Isabelle :

— Tu aurais dû avouer quand tu nous as vus ensemble. Heureusement que je ne suis pas une fille facile, cela aurait pu être dramatique.

— Je voulais le faire. Mais j'avais peur de perdre mon fils. Depuis qu'il vous a rencontrés, il n'est plus le même. Comme s'il m'en voulait de ne pas lui avoir offert une vie aussi belle que la vôtre.

— Je n'ai jamais pensé cela. Je ne les envie pas du tout. Ils sont peut-être plus riches, mais ils sont plus seuls que nous.

— Bon alors, qu'est-ce qu'on fait ? Je dois aller bosser, moi, crie la voix de Michael au téléphone.

Dans le silence qui s'était installé, Justine propose :

— Nous sommes tous sous le choc et nous avons besoin de prendre un peu de recul. L'urgence pour le moment, c'est la santé de Jean-Paul.

— Enfin quelqu'un de sage dans cette famille ! Je suis enchanté de te rencontrer, belle-sœur, même si j'avais imaginé cela autrement. Tu as totalement raison. Je vais prier pour que papa se remette vite. Je le déteste, c'est vrai, mais pas au point de désirer sa mort, dit-il d'une voix grave. Avant de vous quitter, j'aimerais quand même vous donner mon avis. Isabelle a commis une erreur. Papa aussi. Ce n'est pas à nous de juger. Seul Dieu peut le faire. C'est lui qui a tiré les ficelles et qui nous a réunis. Paul et Isabelle font désormais partie de la famille, qu'on le veuille ou non. Alors, pourquoi ne pas essayer d'effacer l'ardoise ?

Et il raccroche, laissant tout le monde perplexe. Paul prend la parole en premier :

— Il est curé ?

Élodie, Justine et Laure éclatent de rire avant de s'écrier d'une seule voix :

— Non, il est juif !

— Je ne vois pas ce qui est drôle, les coupe Paul, sèchement.

— Pardon, c'est entre nous. C'est juste qu'on a du mal à l'imaginer en rabbin, répond Élodie, en essayant de reprendre son sérieux.

— Parce qu'il est rabbin ?

Les trois femmes se remettent à rire :

— Laisse tomber. *Private Joke*, se rattrape la jeune fille avec un gentil sourire.

Isabelle se racle la gorge avant de se lancer :

— Il a raison. Quels que soient les chemins que l'on prend pour fuir, ils nous ramènent toujours là où nous devons arriver. J'ai respecté les termes du contrat. J'ai tout fait pour éviter ce qui vient de se passer. J'ai tenu ma promesse et j'ai vécu cachée. Et alors que je ne m'y attendais plus, le couperet tombe.

— Le couperet, le couperet... Si tu ne t'étais pas payé mon père, tu n'aurais pas eu à te cacher, rétorque Laure sèchement.

Isabelle poursuit avec un calme dont elle ne se serait pas crue capable. Comme si, au-dessus d'elle, la présence du docteur lui donnait la force de mettre un point final à son histoire :

— Après ton départ, je me suis retrouvée très seule. Moi, il n'était pas question que je fasse des études. Tu connais mes parents, et tu sais bien que ce n'était pas dans leurs projets. Ton père m'a tendu la main.

— Pas seulement la main, semble-t-il, interrompt Laure, cinglante.

— Maman, gronde Élodie.

— Jean-Paul a été le père qui me manquait. Je l'avais vu avec vous et je vous enviais. En travaillant avec lui, j'ai découvert un autre homme. Pas tout à fait idéal. Ça ne choquait personne, alors je me suis dit pourquoi pas moi.

Mais je ne l'ai pas cherché. C'est lui qui est venu vers moi.

— C'est bon, on en a déjà assez entendu, la coupe Laure.

— Je l'aimais, et c'est la plus belle chose qui me soit arrivée. Ma seule erreur a été de croire qu'il m'aimait aussi.

— Et donc, tu t'es dit : « Je vais lui faire un enfant. Comme ça, il sera à moi. »

— Non, non, c'est faux. C'était un accident. Je l'ai su trop tard.

Elle se tourne vers son fils :

— Ta conception n'était pas désirée, mais je n'ai jamais regretté de t'avoir mis au monde. Tu es le plus beau cadeau que la vie m'ait donné.

— Ce n'est pas cette erreur de jeunesse que je te reproche. Je t'en veux de m'avoir volé mon père.

— Je sais. J'avais promis, et j'ai tenu parole. Jusqu'à ce qu'Élodie nous retrouve. Quand j'ai compris que tu te rapprochais d'elle, j'ai paniqué. J'ai même essayé de mourir. C'est le docteur

Chavel qui m'a sauvée. Il a veillé sur moi nuit et jour.

— Pourquoi ne m'as-tu rien dit ? Je sais que Chavel est ton ami. Tu aurais pu m'appeler, je serais venu.

— C'était mon ami… Il est mort, chuchote Isabelle en s'effondrant.

— Le docteur ? Mort ? Quand ?

— Vendredi. Il était malade. Et moi, je n'ai rien vu. Je venais de lui avouer mon secret. Il ne m'a pas jugée. Il a juste dit que je n'étais pas responsable de ce qui s'était passé, parce que j'étais trop jeune et que Jean-Paul…

— Ben voyons, c'est trop facile, ça ! Je ne te permets pas d'accuser mon père de cette façon, s'emporte Laure.

— Maman, calme-toi. Elle a raison. C'était à papi de se retenir, d'autant qu'il la considérait comme sa fille. C'est presque de l'inceste.

— Ne dis pas n'importe quoi, rétorque Laure. Elle avait dix-huit ans, elle était majeure, et elle n'attendait que cela.

— Même s'il y a consentement, le seul responsable, c'est l'adulte, insiste Justine.

Laure marque un temps d'arrêt. Sa colère ne retombe pas.

— Pourquoi as-tu fait cela ? Nous étions des amies.

— Je l'ai cru aussi, et j'avais honte de t'avoir trahie. En relisant mes cahiers, j'ai compris que je m'étais trompée.

— Comment oses-tu dire cela ? Tu étais bien contente d'être toujours chez nous.

— C'est vrai. Mais tu m'as effacée de ta vie, du jour au lendemain. Si tu avais été là, rien de tout cela ne se serait passé. Tu as fait comme ton père, tu t'es servie de moi, et tu m'as jetée comme un mouchoir sale.

— Ça suffit ! On tourne en boucle, et ça ne sert à rien. Maintenant, je crois qu'il faut laisser passer un peu de temps, chacun de son côté, intervient Paul en se rapprochant de sa mère.

— Tu as raison. Je vous raccompagne chez toi ? propose Élodie en se levant.

— Non merci, tu es gentille. Je vais appeler un taxi. Surtout, tu me tiens au courant de l'état de santé de ton grand-père.

— De ton père, donc. Oui, tonton, tu sauras tout, réplique la jeune fille avec un clin d'œil.

— Non, s'il te plaît, pas ça ! s'écrie-t-il en prenant un air faussement choqué. Allez, viens maman. Tu vas rester un peu à la maison. Je crois qu'on a pas mal de choses à se dire.

Élodie les raccompagne jusqu'au taxi, laissant Laure et Justine, sur la terrasse.

— Ça va, chérie ? demande Justine en tendant sa main vers sa compagne.

— Ça ne peut pas aller mieux... Mon père a couché avec ma meilleure amie, il est à l'hôpital, et vous pensez tous que c'est ma faute, marmonne-t-elle contrariée.

— Ne dramatise pas, on a juste dit qu'elle n'était pas la seule fautive, et que ce n'était pas utile de lui jeter la pierre, rétorque Justine avec tendresse.

— Après le prêche de mon frère, voilà que tu te mets à citer l'Évangile ! Décidément, cette famille a un problème avec la religion ! dit Laure, en essayant de ne pas sourire.

— Et moi, je déteste cette tristesse qui assombrit ces beaux yeux bleus.

Le portable de Laure les interrompt.

— Allo... Oui, c'est moi... Comment va-t-il ? ... Ah, tant mieux ! D'accord, j'arrive, merci beaucoup, répond-elle en bondissant sur ses pieds.

— C'est l'hôpital ?

— Oui, fausse alerte, heureusement. C'était bien un malaise vagal. Ils le gardent encore un peu sous surveillance. Il a demandé à me voir.

— Je suis contente pour toi. Je sais à quel point il te manque. Finalement, il fallait sûrement en passer par là pour vous réconcilier. Toujours cette histoire de chemins et de destin.

— Peut-être. Mais avec lui, rien n'est jamais gagné d'avance. Va-t-il reconnaitre Paul ? Comment va-t-il réagir quand il apprendra pour Micky ? Va-t-il t'accepter, toi ?

— Laisse-lui du temps. Sois confiante. Tu peux me déposer avant d'aller à l'hôpital, ou je commande un taxi ?

— Ni l'un ni l'autre. Viens, on va voir mon père, ensemble. Que ça lui plaise ou non, tu es ma femme ! Et c'est sans discussion.

Remerciements

Merci à tous ceux qui, de loin ou de près, m'ont encouragée et supportée pendant cette longue année de création.

Merci à Isabelle pour son enthousiasme permanent, à Corine pour ses précieux conseils et surtout à Géraldine pour son exceptionnel travail de relecture et de correction.

Un énorme merci à JJ Vitiello, peintre aérographe, pour ses qualités d'écoute et surtout sa patience, lors la réalisation de cette magnifique couverture.

Et bien sûr, merci à tous les lecteurs qui me suivent depuis le début de cette belle aventure littéraire et qui me renouvellent leur confiance de livre en livre.

Du même auteur

Octobre rose, un cancer et après ? Nouvelle autobiographique, BOD 2020
Jdis ça, jdis rien, 55 jours au temps d'un virus, Chroniques, BOD 2020
Au fait, il faut que je vous dise, Prix du roman gay, récit autobiographique 2022, BOD 2022
J'ai voulu voir Vierzon, et j'ai vu Vierzon, roman, BOD 2023
Deux papas, un couffin ... et moi, roman, BOD 2024

Livres collectifs

Hommage au Petit Prince, 2023
Le livre de nos mères, 2024
Edition Rencontres des auteurs et des lecteurs francophones.

Octobre rose, un cancer, et après ?

Lorsque le cancer s'est invité dans mon corps et dans ma vie, la terre s'est ouverte sous mes pieds.

Aucune parole, aucun geste ne peuvent calmer la violence de cette annonce.

J'ai crié ce texte pour conjurer la peur et la solitude face à la maladie. Je l'ai écrit pour mettre des mots à la place des maux et je l'ai publié pour tous ceux qui subissent le même sort sans pouvoir en parler.

On ne peut jamais oublier le cancer, on doit vivre avec, et surtout on doit vivre différemment.

Publié chez BOD en 2020.
Disponible sur toutes les plateformes numériques, sur commande chez votre libraire, ou directement sur demande : cado3@wanadoo.fr

Jdis ça, Jdis rien

Printemps 2020. Il était une fois un virus qui s'est abattu sur la planète et l'a figée.

55 jours inédits d'une histoire personnelle qui croise le chemin de l'Histoire.

55 billets d'humeur et d'humour pour vaincre la peur, la solitude et l'ennui.

55 chroniques partagées quotidiennement sur un blog.

Parce que la mémoire est volatile et parce tout ce que nous avons vécu est inédit. Il fallait en garder une trace, pour ne jamais oublier que nous avons été les acteurs d'un scénario digne d'un film de science-fiction. Et surtout, parce qu'il faut savoir rire de tout.

Publié chez BOD en 2020.
Disponible sur toutes les plateformes numériques, sur commande chez votre libraire, ou directement sur demande : cado3@wanadoo.fr

J'ai voulu voir Vierzon (et j'ai vu Vierzon)

Saint-Malo, 1978
Jeanne et Thierry se retrouvent chaque été. Ils s'aiment mais ce sont des enfants, et à cet âge, l'amour ne passe que par les yeux. L'année prochaine, pour nos dix-huit ans, nous le ferons, promet Jeanne.

La Ciotat-Vierzon, 2018
Ils ne se sont jamais revus. La vie les a séparés et abimés, mais à l'aube de la soixantaine, Jeanne décide de se donner une nouvelle chance. Pourra-t-elle transformer son fantasme en réalité ?
Et vous ? N'avez-vous jamais eu envie de revivre votre premier amour ?

Publié chez BOD en 2023.
Disponible sur toutes les plateformes numériques, sur commande chez votre libraire, ou directement sur demande : cado3@wanadoo.fr

Au fait, il faut que je vous dise

Une mère. Un fils.
La mère apprend que son fils de vingt-cinq ans est homosexuel. Elle n'avait rien vu venir.
Deux générations, deux points de vue.
C'est surtout un roman sur la tolérance et l'amour. Pour que le petit bébé, qui nait à la fin, connaisse son histoire et le combat que ses papas ont mené pour lui. Et pour qu'il sache par quel amour il a été entouré.

Ce livre a obtenu le Prix du Roman Gay, catégorie autobiographie en 2022.

Publié chez BOD en 2022.
Disponible sur toutes les plateformes numériques, sur commande chez votre libraire, ou directement sur demande : cado3@wanadoo.fr

Deux papas, un couffin ... et moi

« Pour la majorité des femmes, être grand-mère c'est la consécration de toute une vie. C'est un peu comme recevoir l'Oscar de la meilleure actrice dans un second rôle féminin.
A chaque nouveau bébé, elles paradent et font la roue sous les projecteurs tandis que, éternelle doublure, je reste la tatie qu'on laisse pouponner par charité... »
Ça, c'était avant. Avant que Diego ne vienne piétiner mes certitudes. Et kidnapper mon cœur, faisant de moi la plus gâteuse de toutes les grands-mères.

Publié chez BOD en 2024
Disponible sur toutes les plateformes numériques, sur commande chez votre libraire, ou directement sur demande : cado3@wanadoo.fr

Couverture réalisée par JJ. Vitiello, peintre aérographe